夜の向こうの蛹《さなぎ》たち

近藤史恵

夜の
向こうの
蛹《さなぎ》たち

虫が好きな子供だった。

ダンゴムシを掌《てのひら》の上に集めたり、カマキリの卵を机の中で孵化《ふか》させて、小さなカマキリを部屋中にまき散らしてしまい、母に悲鳴を上げさせたこともあった。

今でも、部屋に小さなハエトリグモが出たりすると、ゆっくり観察したり、名前をつけてしまうし、野菜についていた小さな青虫は、そっと紙の上に移した後、外に逃がしてやる。

それでも虫はもう飼わない。虫だけではなく、どんな生き物も。

小学五年生のときだった。通学路に菜の花が植わっていて、そこで青虫を見つけた。ティッシュにくるんで連れて帰り、水槽の中で育てた。母からキャベツの葉をもらって食べさせたり、湿度を上げすぎないために、水槽の中にティッシュを敷いた。

青虫は蛹《さなぎ》になり、わたしは羽化を待ちわびた。

成虫は二週間しか生きられないということは知っていた。だから、蝶《ちょう》になったら外に逃がしてやるつもりだった。

だが、ある日、学校から帰って水槽をのぞき込んだわたしは、蛹が黒く変色していることに気づいた。上の方から蝶の頭が顔を出している。羽化がはじまったのだ。その次に、きっと美しい羽を広げることになるだろう。そう思っていたのに、蛹はそれ以上の変化を見せなかった。

頭と足の一部を蛹から出したまま、蝶になりかけの生き物はもがいていた。蛹は、木の枝からぽとりと落ち、水槽の底でかすかに蠢《うごめ》いていた。

なんとか助けたくて、ピンセットで、それを拾い上げ、蛹を脱がしてやろうとした。ピンセットで表面だけを剝《は》がそうとしたのに、わたしは蝶の羽を破ってしまった。

しばらくもがいていた蛹は、いつしか動かなくなってしまった。

母は、「虫なんか飼うから」と言った。

わたしが連れて帰ってきてしまったから、あの子は蝶になれなかったのだろうか。わたしがピンセットで羽を破ってしまったから、あの子は死んでしまったのだろうか。

二十年以上経《た》った今でも、喉《のど》のあたりにからからになった蛹が詰《つ》まっているような気がしている。

だから、「橋本《はしもと》さなぎ」というペンネームを聞いたとき、胸の奥がぞわぞわした。ピンセットで羽を破ってしまったときの感触が、蘇《よみがえ》ってくるようだった。

「橋本……なんて?」

「橋本さなぎです。弊社の『新時代新人賞《しんじだいしんじんしょう》』を去年受賞した……織部《おりべ》さんにも献本したはずですけど、お読みになってませんか?」

ホテルのラウンジの向かいに座っているのは、新時代舎の担当編集者、坂下《さかした》だ。まだ二、三年しか編集者歴がないくせに、妙にえらそうなのであまり好きではない。前の担当編集者だった四十代の女性とは相性がよく、仕事がスムーズだったのに、彼女が編集長に昇進してしまったため、三ヶ月前から坂下がわたしの担当になっている。

「きてたかもね」

献本された本は読み終わるまで処分しないことにしているから、書棚のどこかにあるのだろう。

「で、そのさなぎさんがどうかしたんですか?」

「すごい美人なんですよ。だから、同じく美人小説家の織部先生と、対談なんかどうかなと思いまして」

ぶっ殺す。

まあ、それは穏《おだ》やかではないし、坂下ごときを殺した罪で前科者になるのも嫌《いや》なので、わたしははっきりと言った。

「先生はやめてください。それと、美人か美人でないかとか、小説には関係ないし、ルッキズムですよ」

「ルッキズム？」

わたしは舌打ちをした。なぜ、こんな使えないガサツな男を担当編集者にしたのだろう。前の担当だった堀江《ほりえ》の顔を思い浮かべる。

堀江の考えていることなんて簡単にわかる。言いたいことをはっきり言うわたしの担当をさせて、鍛《きた》えようというのだろう。

新時代舎から出しているシリーズは順調に版を重ねている。揉《も》めることは、わたしにとっても損だが、一方で多少は強いことも言える。耐えられなくなったら、担当替えを堀江に頼もう。

「褒《ほ》めてるのに駄目なんですか？　難しいなあ」

死ね。いや、別に本当に死ななくてもいいけど。

過去の取材でも、容姿に言及した文章はすべて削《けず》ってもらっている。チェックなしで出てしまった文章に関しては、必ず抗議して、二度と容姿について触れないという返事をもらっている。

そんなことをしていたら、一度言われたことがある。

「そんなに美人と言われるのが嫌なら、化粧をするのもやめればいいんじゃないですか?」

うるせえ。

化粧もするし、美容院には月に一度行くし、エステにだってときどき行く。でも、それによって得られる利点は、わたしがコントロールするし、容姿が目立つことへのデメリットは拒否する。

男に言い寄られたって、こちらにはなんの利点もない。

自分の容姿が嫌いなわけではない。だが、容姿だけで判断されたり、誰かのごほうびになったりするのはごめんだというだけだ。

ただ、複雑なことに、わたし自身は美しい人が嫌いではない。恋愛に関しては必ずしも美しい人に惹《ひ》かれるわけではないが、それでも美しい人を見るのは好きだ。

だから、橋本さなぎが美しいと聞いて、少し心が動いた。

帰ったら書棚を探してみよう。

本はすぐに見つかった。献本として送られてきた小包のまま、書棚の前に積まれていた。

封を開けると、『やさしいいきもの』というタイトルが目に入った。

だが、柔らかいタイトルと裏腹に、フォントや装丁《そうてい》はおどろおどろしい。血をぶちまけたような壁から、黒い猫が半分顔をのぞかせているイラストが表紙になっている。なにげなく表紙をめくった。おもしろいようなら、リビングに移動して、ゆっくり読むつもりだった。

気が付けば、床に座ったまま、わたしはその本を読みふけっていた。

主人公の女性は優しい。捨てられた動物を放ってはおけない。ひとり暮らしの一軒家に連れて帰り、世話をする。

だが、そのうちに古い一軒家は犬や猫であふれはじめる。忙しさにかまけて避妊手術を後回しにしたために、犬猫は増えはじめ、よけいに子猫の世話に手を取られる。仕事に行けなくなり、貯金も減っていき、病院に連れて行くこともできなくなる。

やがて、飼っている犬たちが、病気でバタバタと死んでいく。主人公はどうすることもできず、ただ、庭に穴を掘って犬の死骸《しがい》を埋める。

異臭のため、近所から嫌がらせを受け、やがて、主人公の女性は風呂《ふろ》にさえ入るのをやめる。異臭にまみれながら、必死に生きている動物たちの世話をしようとする。

最悪ともいえる状況を描きながら、主人公の前向きなモノローグで、小説は終わる。その明るいモノローグで、読者はこの地獄がこのまま続くことを知らされる。

本を閉じてためいきをつく。

ひとつひとつの行動は優しさからはじまっているのかもしれないけれど、明らかに主人公の女性は常軌《じようき》を逸《いっ》していた。

一人称の柔らかな文体をコントロールしながら、その主人公の狂気を浮かび上がらせる筆力は見事だった。

好きか嫌いかと言われたら、少しも好きではない。だが、おもしろい小説であることは間違いないし、嫌いだと思いながら、どこか惹かれる部分がある。

読んだ後、ぬるぬると彼女の文体がまとわりついて、影響を受けてしまいそうで、少し腹立たしい。

たぶん、この腹立たしさの半分は嫉妬《しっと》だ。わたしにはこんな生々しい小説は書けない。

冷たい床に座ったままだったから、腰が冷えている。

わたしは本を書棚に入れた。橋本さなぎの顔を、ネットで検索するつもりだったけれどやめた。

小説がおもしろかったその上に、外見まで好みだったら、打ちのめされてしまう気がした。

たぶん、わたしは少し退屈していたのだ。

退屈。そのことばを聞くと、七年前のわたしが腹を立てるだろう。当時は、小説家になるためなら、他のあらゆるものを代わりに差し出してもいいと思っていたし、その夢が叶《かな》えば、怖いものもなくなるのだと思っていた。

もちろん、新人賞を取ってデビューしたからと言って、誰もが書き続けられるわけではないことは知っていた。デビューできた人の中で、作家として生き残ることができるのは、ほんの数パーセントだ。

だが、著作が順調に版を重ね、三年先まで予定はびっしり埋まっているのに、自分がこの現実に退屈してしまうとは想像もしていなかった。

昼頃起きて、コーヒーを一杯飲んでパソコンに向かう。途中、軽く食事を取ったり、気分転換に洗濯や掃除をしたりしながら、十枚ほどの原稿を書く。

夜になって、ノルマが達成できていたら、ひとりで飲みに行くか、映画でも観《み》に行くか、それとも家で本を読むかする。新しい連載にかかる前には一ヶ月ほど、下調べや取材をする。

ただ、その繰り返しだ。

たぶん、一昔前の売れっ子作家なら、編集者を連れて飲み歩いたりするのかもしれないが、出版不況の今、そんなことができる作家はごくわずかだろう。

ちやほやされることも、尊敬されることもあまりない。たまに歯の浮くようなお世辞を言う人間もいるが、それを真《ま》に受けるほどお調子者でもない。

日常の単調さだけが、わたしを退屈させているわけではない。わたしは自分が書くものに飽きて、退屈していた。

取材を重ねて、普通の人が知らない仕事や業界のことを調べ、どこか類型的だが魅力的なキャラクターを造形する。そこに人間観察をして見出《みいだ》した、人の微妙な感情や、複雑な関係をスパイスとして振りかけながら、サスペンスやどんでん返しを入れ、ページをめくる手を止めさせないようにする。

時間を潰《つぶ》す程度にはおもしろく、それでも本を閉じれば内容のことなど全部忘れてしまっても困らない小説のできあがり。

不思議なことに、読者としてなら、こういうプロフェッショナルに徹した小説を読むのは好きだ。仕事を終えた後、くたびれた頭では、あまりに斬新《ざんしん》で難解な小説など読めない。

焼き菓子やチョコレートみたいな小説にはその役割があるし、誰もが超大作や社会の暗部を抉《えぐ》った小説を読みたいわけではない。

それはわかっているのに、わたしはうんざりする気持ちを、脱ぎ捨てられないでいる。

読書や映画鑑賞以外に、趣味らしい趣味を持っていないのがいけないのか、それとも前の恋人と別れて、半年もひとりでいることがいけないのか。

とはいえ、しばらく恋愛をするつもりにはなれなかった。

前の恋人との別れが苦いものだったことを、わたしはまだ引きずっていた。

よりを戻したいとか、未練があるというわけではないのだ。五つ年下の、わたしにはもったいないようなきれいな子だったのに、わたしは彼女をひどく傷つけてしまった。

過去の恋人で、わたしが傷つけなかった相手などいない。手ひどく振られたり、二股をかけられたことなどもあったが、思い返せば、その前の段階で、わたしは恋人の心を傷つけるような行動を取ったり、ひどいことばを投げつけたりしていた。

もしかすると、わたしは誰かを本当に信頼することが、なによりも苦手なのかもしれない。そんな人間に、恋愛など向いているはずがない。

友達ならまだ大丈夫だ。適度に距離を置き、自分が相手にとって、取るに足らない存在であること、交換可能な部品であることを受け入れることができる。

だが恋をして、その恋愛感情を受け入れてもらうと、わたしは急に尊大になる。相手の心を試すような行動を無意識にしてしまうのだ。

さすがに三十五にもなると、それがよくないことはわかっている。それで過去の恋愛のほとんどをしくじってきたことも。

わたしにとっての試し行動は、アルコール依存症の人にとってのアルコールに似《に》ている。

それをしないときには、単にブレーキをかけているだけの話だ。ブレーキを踏むことをやめてしまえば、すぐにひどく意地悪なことを言ったり、愛情を疑って相手を傷つけたりしてしまう。

しかも、アルコールやギャンブルの依存症のように、その原因から距離を取るのは難しい。問題はわたしの性格にある。

だから、恋愛をしないことがいちばんいい。失敗を繰り返して、わたしはそう思うようになっていた。

それでも、わたしは知っている。

恋なんて、落ちるときには否応《いやおう》なしに落ちてしまうものなのだ。

橋本さなぎと会う機会は案外早くやってきた。

わたしが、彼女の本を読んでから、三ヶ月ほど経った春先、ある文学賞のパーティでのことだった。

小説家同士なんて、仲のいい友達以外とは滅多《めった》に会うことはないし、ジャンルが違えばなおさらだ。

橋本さなぎの名前は、あちこちで見ていた。『やさしいいきもの』は話題になって、いろんな雑誌に書評が掲載されていたし、映画になるという話もＳＮＳで漏《も》れ聞いた。モノクロの顔写真も、雑誌で見た。派手な化粧をした気の強そうな美人だった。

他の作家の活躍に、胸がざわつかないと言えば、嘘《うそ》になる。だが、自分以外の作家が活躍していることなど日常で、つまりは慣れてしまった。かすかに嫉妬を感じても、次の瞬間には忘れてしまう。

なのに、橋本さなぎの名前だけは、やけに目についてしまうのだ。

小説がおもしろかったせいか、美人だと聞いたせいか、それともその不思議なペンネームのせいか。

たぶん、第二作が出たら買って、読んでおもしろければ少し腹立たしく思うのだろう。たとえ職業が作家であっても、本を読むのが好きなことに変わりはないし、おもしろい本には魅了される。すごいものを書く作家は尊敬するし、いちファンとして応援する。だが、橋本さなぎに関しては、素直にそう言いたくないような気持ちがあった。

それでも、編集者に「最近、おもしろかった本はありますか?」と聞かれたときは、『やさしいいきもの』のタイトルをあげたりした。小さな傷口をわざと搔《か》きむしって広げるような気持ちだったのかもしれない。

もっとも、その頃は、まだほんの小さな傷口にすぎなかったのだ。痛みもわずかで、化《か》膿《のう》しそうな気配すらなかった。彼女と会うまでは。

そのパーティで、友達の作家と会う約束をしていた。少し遅れて会場に着き、記帳していると、入り口近くにいた坂下が声をかけてきた。

「織部さん、いらしたんですね。ちょうど良かった」

「どうしたの?」

特に坂下とは、急いで打ち合わせをしなければならないこともなかったし、催促を受けるような仕事もなかったはずだ。

「橋本さんがきてるんですよ。織部さんに紹介しようと思って……」

姓だけでは、すぐにぴんとこなかった。坂下は続けて「橋本さなぎさんです」と言った。

「ああ……、でも対談なんかしませんよ」

美人作家対談なんて、まさか本気ではないだろう。少し強い口調で言うと、坂下はあわてて、否定するように手を振った。

「いやいや、あれは冗談です。橋本さんからも怒られました」

冗談と言いながら、しっかり橋本さなぎにも言ったのか。七十年後くらいに死ね。

心で毒づいていると、坂下は言った。

「橋本さん、織部妙《たえ》のファンだそうですよ。著書は全部買って読んでいるそうです」

わたしは驚いて坂下の顔をまじまじと見た。

「嘘でしょう？」

「嘘ついてどうするんですか、これから紹介するのに。紹介した瞬間にばれるじゃないですか」

まあ、たしかにそうだ。

だが、橋本さなぎの作風から、わたしの小説が好きだとは全然想像がつかない。被害妄想かもしれないが、鼻で笑われるような気がしていた。

坂下はわたしを促《うなが》して、パーティ会場へ入っていった。わたしも後に続く。会場内は立食パーティになっていて、あちこちで作家や編集者たちが談笑していた。

橋本さなぎは、入り口近くにいた。出版社のパーティなんて、女性たちも大して着飾っていない。スーツか、和服か、せいぜい地味なワンピースくらいだ。わたしも今日は、黒いレースのトップスと黒いパンツに、光沢のある布地のストールを巻いているだけだ。

だが、彼女はノースリーブのパーティドレスを着ていた。薄曇りのような灰色で、スリムな身体《からだ》に沿うようなシルエット。髪もあきらかに美容院でセットしてもらっている。後ろ姿だけでも凶暴なほどの華やかさだった。

「橋本先生」

坂下が声をかけると、彼女は身体ごとこちらを向いて、微笑《ほほえ》んだ。

美しい人だった。自分がその場を圧倒することなど、なにも恐れていないように見えた。

マスカラを何度も塗り込めたまつげと、赤い口紅。もともとの顔立ちも整っているように見えるのに、怯《ひる》むことなく、彼女はそこにたっぷりと化粧をのせる。

自分に自信のない男なら、尻尾《しっぽ》を巻いて逃げ出すか、近づくことさえ考えないはずだ。

たぶん、この化粧を落とせば、もっと別種の美しさが顔を出すはずだ。どこか少年のような硬質な顔立ちを想像すると、少しわくわくした。

「織部先生です」

坂下がそう紹介したとたん、彼女は大輪の花のように笑った。甘いミモザの匂いがする。

「織部妙先生？　わたし、大ファンなんです。デビュー作の『たぶん、明日も同じこと』からずっと追い掛けて読んでます」

彼女が距離を詰めてきたから、わたしは一歩後ずさった。

「先生はやめてください。同業者だし」

「でも、わたしにとっては、先生なんです。ずっと憧《あこが》れてきたし、お写真を見ても、素敵な人だなって思ってました」

そう言われて、いい気になりながらも、少しつまらないと思っているわたしがいた。できれば、橋本さなぎにはわたしの小説など嫌悪してほしかった。容姿など褒めてほしくなかったし、ファンだなんて言ってほしくなかった。

名刺を交換すると、彼女は、わたしの手元を見た。

「まだ、お飲み物とかも取ってらっしゃらないんじゃないですか？　ビールにされます？　それとも烏龍茶《ウーロン》とか？　わたし取ってきますよ」

「今、きたところなんですよ。大丈夫です。後で取りに行きますから」

わたしの飲み物など気にかけてほしくない。そう本気で思ったのに、彼女は引き下がらなかった。

「お酒お好きですよね。ビールでいいですか？」

わたしが頷《うなず》くと、彼女はウエイターに声をかけて、ビールを持ってこさせた。

正直な話、わたしは幻滅していた。もちろん、それが自分勝手な感情であることはわかっている。

他人の飲み物など気にせず、わたしの小説を褒めたりしない人なら、もっとわたしは彼女に夢中になれたはずなのに。才能と美しさに嫉妬しながら、心では彼女の足元に身を擲《なげう》って、足を舐《な》めるような気持ちになれたのに。

わたしが恋するのは、いつもわたしを振り回すような人だった。

自分勝手に予定を変更したり、わたしの希望などくみ取らず、勝手に自分の好きな場所に連れて行ったりする人にばかり、わたしは惹かれていた。

自分の中に精神的なマゾヒズムが潜《ひそ》んでいることは自覚している。そうやって、相手に振り回されて、恋の苦しみを味わうことを熱望しながらも、結局のところ、最後に自分が相手をひどく傷つけてしまうのが、わたしの恋のいつものパターンだ。

橋本さなぎと話したいのか、顔見知りの編集者が順番を待っている。デビューしてまだ半年ほどしか経っていないのに、彼女はすっかり人気作家だ。

わたしはビールのグラスを持ったまま、片手で彼女の手に触れた。

「また後でお話ししましょうね、橋本さん。『やさしいいきもの』すごくよかったです」

「読んでくださって、光栄です。ぜひ、もっとお話しさせてください！」

わたしは笑顔で頷くと、料理を取りに行くふりをして、彼女と離れた。人のいない空間を探して、ビールを飲む。

ぽん、と、肩を叩《たた》かれた。振り返ると柳沼一史《やぎぬまかずふみ》が立っていた。わたしより年下のＳＦ作家だが、妙に気が合うので、ときどき会っている。たぶん、人恋しくなるサイクルが似ているのだろう。

わたしが誰かと話したいなと思うようなときに電話をかけてくるのは、だいたい彼だった。

「織部さんは二次会行く？」

わたしは首を傾《かし》げた。行ってもいいが、あまり気が進まない。

「今日はやめとく。柳沼くんは？」

「俺もどうしようかなあ……さっき誘われたけど……織部さん、どこかに飲みに行く？」

わたしは笑った。彼もあまり団体行動が好きではない。

「行ってもいいよ」

「じゃあ、ふたりで行くか」

男女がこんな会話をしていると、端《はた》からはいい雰囲気に見えるのだろうし、仲を勘ぐられたこともあるが、柳沼はわたしがレズビアンであることをよく知っている。彼自身はヘテロだと言うが、人のセクシュアリティにも下世話《げせわ》な興味を持たず、失礼なことも一切《いっさい》言わない。しかもわたしの恋愛の愚痴《ぐち》なども、茶々を入れずに聞いてくれる。貴重な飲み友達だ。

そういえば、少しお腹《なか》が空《す》いてきた。ここのバンケットは料理が美味《おい》しいことで有名だ。カレーとローストビーフは絶対に食べなくてはならない。

「料理取ってくる」

「ああ、じゃあ、後でまた」

柳沼と別れて、わたしはカレーの列に並んだ。

その人を見かけたのは、そのときだった。

柱の陰に隠れるようにして、彼女はカレーを食べていた。まわりには誰もいない。

ひどく目立つ女性だった。橋本さなぎとは、また別の意味で。

背が男性と同じくらい高く、その上肉付きがいい。太りすぎというほどではないかもしれないが、ともかく大きいので威圧感がある。

一般的な感覚では、美人というわけではない。腫《は》れぼったい一重《ひとえ》まぶたと、口紅さえつけてないぽってりとした唇。真っ黒な髪を短く切り、毛玉のついたセーターと野暮ったいパンツを穿《は》いている。年齢は若そうだ。たぶん、まだ二十代前半。

肌が抜けるように白く、柔らかそうだった。曲げた手首には赤ちゃんの手首にできるような皺《しわ》が寄っていた。

その皺を見たとき、目がくらむような気がした。

その柔らかそうな手に触れたい。セーターの下にある豊かな胸や、二の腕を揉みしだいてみたい。

その大きな身体の重さを感じたい。息が詰まるほど圧迫されたい。柔らかな肉を甘嚙《が》みしてみたい。

一目惚《ひとめぼ》れをしたことはこれまでもある。だが、こんなふうに、雪崩《なだれ》のような欲望に呑《の》み込まれそうになったことなどない。

恋、と呼ぶには、あまりにも邪《よこしま》すぎる感情だった。これは、間違いなく欲望だ。

いつの間にか、カレーのことはどうでもよくなっていた。

わたしは彼女から距離を取った。近くで、まじまじと見るのはあまりに失礼だし、いくら欲望を抱いたからといって、即座に声をかけるつもりはない。

ここは、パートナーを探すための場所ではない。

だが、それでも彼女が誰かくらいは知りたい。パーティにいるからには出版関係の仕事をしているはずだし、もしかしたら今後に繋《つな》がるきっかけがつかめるかもしれない。

もちろん彼女がヘテロならば、即座に玉砕《ぎょくさい》だが、可能性を探るくらいは許されるはずだ。

恋愛に向いていないことは自覚しているわたしだが、振られた後、相手に執着することはない。しつこくしたいという気持ちすらわかない。それだけは自分の数少ない、いいところだと思っている。

離れて彼女を観察する。

これまで、他のパーティで彼女を見かけたことはない。こんなに惹かれたのだから、これまで会っていたら絶対に覚えているだろうし、たとえそうでなくても、彼女の外見は目立つ。記憶に残っていてもおかしくないはずだ。

彼女はカレーを食べ終えると、ローストビーフの列に並んでいた。

編集者ならば、自分から作家に話しかけに行くのが仕事だから、こんなふうに食べてばかりいることは考えられない。

受賞者が個人的に招待した身内や友達だろうか。だが、このパーティでは受賞者の家族のためのテーブルはちゃんと設《もう》けられているはずだ。

まだ知り合いが少ない新人作家だという可能性がいちばん高い気がする。

だとすれば、この先も会える可能性がある。わたしは離れた場所から、彼女に誰かが話しかけないかうかがっていた。

もし、知っている人が彼女に話しかければ、後でその人から名前を聞き出すことができる。

だが、誰も彼女には話しかけない。目立つから、ちらりと見る人はたくさんいるが、それだけだ。

そういえば、文学賞などのパーティ荒らしがいるという話を聞いたことがある。

関係者のふりをして、パーティに紛《まぎ》れ込み、ごちそうをただ食いするのだという。そのために、情報を集め、いろんなフォントの名札まで用意している人がいると聞く。

そこまで考えて、ようやく気づく。作家は名札をつけているはずだ。わたしはもう一度、彼女に近づいた。

セーターの胸にある名札を見つけて、それが読める距離まで近づく。

「初芝祐」

はつしばゆうと読むのか、たすくと読むのかわからない。男性っぽいペンネームをあえてつかうこともある。

一度離れて、携帯電話で検索してみる。その名前では一切引っかからなかった。作家ではないということか。

あまりにも謎めいている。彼女はいったい誰なのだろう。

ふわりといい匂いが漂った。さきほど、橋本さなぎのそばにいたとき香っていたミモザの香水だ。

橋本さなぎが、まっすぐに彼女に向かって近づいていった。わたしは耳をそばだてた。

「なにか食べた?」

橋本はぶっきらぼうな口調で、彼女に話しかけた。わたしに向けたような作り笑顔すらない。

「食べる以外にすることないし」

初芝祐も同じように愛想のない口調で答える。少し低めの、だが良く通る声だった。友達同士なのかと思ったが、それにしたってあまりにそっけない。たぶん、友達よりももっと親しい間柄。たとえば、姉妹とかなら、こんな話し方をするかもしれない。

それよりも、この好機を逃してはならない。わたしはふたりに近づいた。

「橋本さん」

笑顔で話しかける。橋本さなぎはわたしに気づくと、スイッチが入るように笑顔になった。

「わあ、織部さん、また会えてうれしいです」

美しく華やかだから、なんだか接待されているような気分になってしまう。わたしは初芝の方を見て微笑んだ。

初芝は困惑したような表情になり、助けを求めるように橋本を見た。

橋本はわたしと彼女を見比べた。一瞬の沈黙。橋本はたしかに迷っていた。わたしを初芝に紹介するか。それともしないか。

橋本の顔から、あの営業用のような笑顔が一瞬消えて、そして戻った。

「織部さん、彼女は初芝祐《はつしばゆう》と言います。友達で、わたしの秘書をやってもらってます」

秘書。超がつくような売れっ子なら、いても不思議はないが、まだ橋本は一冊しか本を出していない新人作家だ。秘書を雇えるような収入があるのだろうか。

「ゆうちゃん、彼女は織部妙さん。わたしが好きな作家さん」

「ああ、読んだことはあります」

彼女はとってつけたようにそう言い、わたしをどこか冷めたような目で見下ろした。読んだけれど、つまらなかった。その顔はそう言っているようだった。

背筋がぞくぞくした。

そう、わたしは好きな人からこんなふうに見られたかったのだ。

＊

「しばらく恋はしたくなかったのに……」

「ポップスの歌詞みたいな発言だな」

柳沼がおもしろそうな顔で言う。

少女マンガやティーン向けの恋愛小説を楽しんでいた頃には知らなかった。恋に落ちたとたんに、自己嫌悪に陥《おちい》ることがあるなんて。

「人生に張りが出ていいんじゃないの？」

他人事《ひとごと》だと思って、柳沼は適当なことを言う。

だが、たしかにそれは図星でもある。たぶん、こんなことでもなければ、シャンパンを頼もうなんて考えなかった。

まあ、このあとうじうじ悩んだり、落ち込んだりするのだから、せめてシャンパンくらい飲まないとやってられない。

オリーブを囓《かじ》って、塩気に顔をしかめた後、追加のシャンパンを頼む。

「相手は誰？　と聞いても、教えてくれないだろうけど」

「教えない。たぶん、つきあうようなことにはならないから」

そう言ったとたん、またためいきが出る。

たぶん彼女とつきあうことになる可能性はほとんどないだろうけど、そのことに落ち込むわけではない。そうやってことばにすることで、自分が彼女とつきあいたいと考えていることを実感するからだ。

彼女のことをほとんど知らない状態で、あきらかに自分よりかなり若い女の子に惹かれるなんて、自分のことが弁護できない。

せめて、年が近ければ、こんなに落ち込むことはなかったかもしれない。

「若そうだったの。だから、自分で自分がいや」

この先、おじさんが若い女の子に鼻の下を伸ばしていても、もう軽蔑《けいべつ》することもできない。

「まさか、未成年とか？」

「そんなわけないでしょ」

それでも、十歳は若いと思う。干支《えと》が同じという可能性もある。

ふと思いついて、柳沼に聞いてみた。

「柳沼くんは、もし十歳くらい若い子を好きになったらどう感じる」

「いや、年齢よりは相手がこっちに興味を持ってくれるかのほうが問題でしょ。さすがに未成年だとまずいと思うけど、成人してたら、気にしないなあ。十歳くらいの年の差カップルはいくらでもいるし、二十歳と三十歳なら、すごく離れている感じがするけど、四十歳と五十歳になったら、そこまで気にならなくなると思うし」

彼がそう思えるのは、男性だからか、それともわたしがこだわりすぎなのか。

これまで、自分がまったく恋愛対象にしていない年上男性から、強引なアプローチを受けることが多かったせいで、嫌悪感が蓄積されているのかもしれない。あんなふうになりたくないという思いが強すぎるのだろうか。

「でも、若いということは、橋本さんじゃないんだな」

「橋本さなぎ？」

「そう。きれいでびっくりした。文壇バーのお姉さんかと思ったよ」

たしかに美しいだけではなく、装《よそお》うことに慣れているように見えた。あんなふうに人間の内側に潜るような小説を書くイメージではない。

「そうね。すごくきれいだった」

彼女は少し年齢不詳だが、少なくとも二十代ということはないだろう。見た目は三十代前半といったところだが、三十代後半か、四十代でも驚かない。それほど、世慣れて見える。

初芝に会ったかどうか、柳沼に聞いてみたいと思ったが、彼女に言及した瞬間に、すべて知られてしまいそうで、わたしは口をつぐんだ。

もっとも、あの人の多い会場で、ひとりの女性の存在に気づかないことは不自然でもなんでもない。

わたしも気づかないまま、帰りたかった。

そうすれば、わたしは夕方までの自分のまま、動揺もせず、自己嫌悪にも陥らずにいられたのに。

だが、同時に気づく。

少なくとも、今のわたしは、退屈もうんざりもしていない。

わたしは伝票をつかんで立ち上がった。

「帰る」

「えっ、もう？　二杯しか飲んでないじゃないか」

「やらなきゃならないことを思い出した。ここはおごる」

まだ二次会は終わっていないだろうから、柳沼がまだ飲みたいようなら、そこに行って誰かを見つけるだろう。


家に帰ると、わたしは服も着替えずに、パソコンの前に座った。

電源を入れて、メールチェックもそこそこにSNSで橋本さなぎのアカウントを探す。即座にフォローして、彼女の投稿をチェックした。

フレンチレストランや、ホテルのラウンジのケーキなどの華やかな写真に交じって、読んだ本の感想や写真がアップされている。橋本さなぎはかなりの読書家だということがわかる。海外文学から、日本の古典、ロマンス小説やライトノベルまで、読みあさっているようだ。

初芝祐に関する投稿がないか、チェックしていったが、二ケ月分遡《さかのぼ》っても、彼女に関する言及はない。秘書ならば、一緒にいる時間も長いはずだから、なにかしら彼女についての情報がわかるはずだと考えていたが、そう甘くはないようだ。

その後、橋本と相互フォローになっているアカウントもチェックする。だいたい、作家や編集者が多く、わたしも知っている人たちがほとんどだ。

初芝はSNSをやっていないのだろうか。

気が付けば、時刻は真夜中を過ぎている。いい加減にやめようと、マウスから手を離したとき、SNSにメッセージが届いた。開けてみれば、橋本からだった。

「フォローいただけるなんて、とてもうれしいです。ぜひ、こちらでもよろしくお願いします」

「いえいえ、こちらこそよろしくお願いします」

当たり障《さわ》りのない返事をすぐに送る。

柳沼や他の友人が知ったら驚くだろう。普段、わたしはこんなにマメに返信する方ではない。メールの返事もつい滞《とどこお》ってしまう。

初芝のことを知りたいという気持ちの方が大きいが、それでも橋本のSNSの文体は、少し素っ気ない口調で本のことを語っていて、好感が持てる。

正直、パーティ会場で会った橋本には失望したが、SNSではうまくつきあえそうな気がする。

初芝のことがわからなかったのは残念だが、むしろほっとする気持ちの方が強い。

彼女のアカウントを見つけて、毎日チェックしたり、橋本のSNSを読みあさったりしてしまうことになるより、ずっといい。

惹かれたところで、この先縁がなければ、そこで終わりだ。もし、初芝が橋本の秘書をやめてしまえば、それっきり会うチャンスもないだろう。

未来がないと感じることで、少しだけ救われることもある。


たぶん、しばらくの間は忘れていられた。

いや、完全に忘れたわけではない。ときどきは思い出したし、あの赤ちゃんのような白い肌と手首の皺のことを考えたり、ぎゅっと押し潰されるような感覚を夢想したりはした。

文学賞のパーティなどはあえて欠席することにした。

幸い、どうしても出なくてはならないような、義理のあるパーティなどはしばらくはない。仕事が切れ目なく続いていたこともあり、出ない言い訳はいくらでもできた。

その年の梅雨《つゆ》は、あまり雨が降らず、しかもやっていられないくらい暑かった。

仕事もあまり進まず、旅行に行く気にもならない。エアコンの効いた部屋から一歩も動かず、アイスキャンディだけを主食にして生きていたいと思ったくらいだった。

オデオン社からの新刊の発売を間近に控えて、インタビューを何件か受けることになった。

「うちの社の会議室でいかがでしょうか」

担当の白川《しらかわ》からそう言われたときに、即座に考えた。タクシーだな、と。

自宅の最寄り駅は恵比寿《えびす》だが、歩くと十五分くらいかかる。渋谷《しぶや》からも歩いて帰れるところは気に入っているが、猛暑や雨の日となると、少し大変だ。それなら、出版社までタクシーに乗った方がいい。

インタビュー当日、午前中に美容院に寄り、タクシーで出版社まで向かったが、スムーズに進んだせいか、約束の時間よりも三十分ほど早く到着してしまった。

何度もきたことのある出版社だから、近くにセルフサービスのコーヒー店があることは知っていた。店内に入り、レジでエスプレッソを注文する。

振り返ったとき、彼女が目に飛び込んできた。

ひとり客用のカウンターに座り、小さなテキスト入力端末で、なにかを打ち込んでいた。初芝祐だ。

髪は前に会ったときよりも、少し伸びていた。夏だから、半袖《そで》のTシャツを着ていて真っ白な腕が露出されている。

一瞬、コーヒーも飲まずに逃げ帰ろうかと思った。

店内は混んでいて、席は彼女の隣しか空《あ》いていない。わたしは呼吸を整えて、彼女の隣にトレイを置いた。

彼女が気づけば話をすればいいし、気づかなくても隣に座ることくらいは別に不自然ではないだろう。

わたしが特別な感情さえ抱いていなければ、ただ知人の隣に座るだけなのに、そこにどうしようもない疚《やま》しさがつきまとう。

彼女はこちらを見ようとはしなかった。ただ無心で端末のキーを叩いている。ふわりといい匂いがした。

香水をつけるようなタイプには思えないから、石鹸《せっけん》か、それともシャンプーか。さりげなく横を向いて、彼女の横顔を見た。

ふっくらとした頬《ほお》、肉付きがいいせいか、横顔にも少し乳児を思わせるようなところがある。不自然にならないタイミングで視線をそらそうと思ったのに、つい見入ってしまった。

彼女がくるりとこちらを向いた。目が見開かれる。

「あ、ごめんなさい。初芝さんですよね。橋本さんのところの……」

わたしは笑顔で取り繕《つくろ》った。

「織部さん……?」

ほっとした。彼女はわたしの顔を覚えていた。少なくとも、じろじろ見る不審な女性とは考えられないだろう。

覚えていてくれたことに一瞬喜んでから思い出す。わたしも二十代の頃は、今よりも人の顔をよく覚えていた。秘書という立場ならなおさらだろう。

「初芝さんも、オデオン社に?」

そう尋《たず》ねると、彼女は頷いた。

「さっき行ってきました。橋本が、夏風邪を引いてしまったから代理で」

「そう、大変でしたね」

彼女はかすかに顎《あご》を引いた。

「わたしは別に。橋本はよく風邪を引くんです」

作家は意外に体力仕事だ。

ましてしまう。

「お大事にしてくださいね」

ふと、わたしは昨日届いた桃のことを思い出した。福島の親戚が毎年送ってくれるもので、大ぶりでとてもおいしいのだが、いつももてあましてしまう。

「橋本さんって、桃、お好きですか？」

「桃？　好きだと思います。わたしも好き」

そう言った後、初芝は少しはにかんだように笑った。はじめて見る笑顔に、胸が高鳴る。

「親戚に送ってもらって、うちにたくさんあるの。よかったらお届けしましょうか？　橋本さんが風邪を引いてらっしゃるなら、きっと桃は気持ちよく食べられるんじゃないかな、と思って」

「ええ、でも、申し訳ないです」

「いいの、いいの。いつも多くてもてあまして、冷凍したりしてるくらいだから」

橋本の名刺の住所は目黒《めぐろ》区だったから、うちからも近い。自宅じゃなくて仕事場かもしれないが、だとしても自宅が遠方にあるということはないだろう。

今日は、この後、インタビューを三件受けて、打ち合わせを兼ねた夕食をとる予定だが、明日なら大丈夫だ。

「橋本さんって、目黒ですよね。明日だったら近くまで行くので、お届けできるし、もしくは駅とかでお渡ししても……」

近くに行くというのは嘘だが、下心だけで言っているわけではない。

下心と、親切心と、ただ桃を無駄にしたくない気持ちのミックスだ。少し下心の割合が多いことは否定できないが。

大丈夫、と、自分に言い聞かせる。彼女がヘテロだったり、わたしに興味がないようなら絶対に深追いはしないから。

ただ、もう少し彼女のことを知りたいだけだ。

「じゃあ、駅までいただきにまいります」

その方がいい。さすがに橋本の家まで行くのは、自分でもやりすぎだと思う。橋本の家であり、初芝の家は別だろうが、秘書の仕事をするなら橋本の家に出入りしているはずだ。

午後二時に駅で落ち合うことにする。

「もし、急にこられなくなったりしたときのために」

そう言って携帯電話の番号を教える。初芝の番号はあえて聞かないつもりだったが、彼女は自分の電話番号も教えてくれた。

心の中で小さくガッツポーズをする。

少なくとも、不審に思われたり、嫌われてはいないということだと信じたい。

そろそろ出版社に行く時間だ。わたしはトレイを持って、立ち上がった。

「お仕事中、お邪魔してごめんなさい。楽しかったです。じゃあ、また明日」

初芝は、少し驚いたような顔になったが、また笑った。やはり、笑うととても可愛い。

デレデレしないように気を引き締めて、わたしは余裕のある笑顔で軽く会釈《えしゃく》をした。

出版社に向かいながら、少しだけ後悔する。

幸運の女神が微笑んだ喜びと、ただ会えただけではなく、小細工をして電話番号まで手に入れてしまった自己嫌悪とが入り交じる。

本当に、親切心で桃を届けてあげたかっただけだ、と自分を納得させたいが、自分の心の動きはよくわかる。もし、初芝でなければ、わざわざ桃を届けたいなんて考えなかったはずだから。

受付の電話で、白川に連絡する。彼女はすぐに一階に降りてきた。入館証をもらって、一緒に会議室に向かう。

疚しさを隠すためについ、言ってしまう。

「さっき、橋本さなぎさんの秘書の方に会いましたよ」

「ああ、初芝さん？　さっきまで打ち合わせしてたんです」

「打ち合わせ？」

驚いて、わたしは白川に尋ね返した。

「初芝さん、秘書ですよね？」

橋本の代理で出版社にきたと言うからには、校正刷《ゲラ》りでも届けにきたのかと思っていた。

「ええ、でも、前も橋本さんが体調悪くてこられなかったとき、初芝さんが代わりにきたことがあったんですけど、そのときも特に問題なかったので……」

普通、打ち合わせは作家本人と編集者が意見を交換し合うものだ。秘書が代わりにきて、なにを話すのだろう。怪訝《けげん》な顔をしていると、白川が説明してくれた。

「わたしも最初はびっくりしたんですけど、スケジュールなどは初芝さんが完全に把握しているし、橋本さんが言いたいこともちゃんと聞いてきてくれていました。その場で初芝さんが答えられないことは、メッセージを送って、橋本さんから返事を聞いてくれるので、全然問題ありませんでした」

それを聞いて、ようやく納得した。初芝はたぶん仕事ができるのだろう。

「橋本さん、身体が弱いんですか?」

「わからないですけど、病気がちみたいですね。大病というわけではないようなんですけど」

彼女の作品から漂う陰鬱《いんうつ》さは、それが影響しているのだろうか。

ふいに思った。

あの過剰なまでの愛想の良さにも、なにか理由があるのかもしれない。


帰りもタクシーを使うつもりだったが、ひさしぶりに書店に寄りたくて、地下鉄に乗った。深夜まで営業している書店で、本を探す。

橋本さなぎの新刊をまだ買っていなかったことを思い出したのだ。

『彷徨《ほうこう》』というタイトルのその本は、カバーに著者自身の写真が使われていた。

レースのカーテンを開けようとする、橋本さなぎの横顔は、モデルかなにかのように美しかった。

帯のコピーには「作者の自伝的小説」と書かれているから、あえて本人の写真を使ったのだろう。

とはいえ、メンタルが強くなければ、こんなことはできない。わたしも提案されたことはあるが、即座に断った。正直、インタビューで写真を撮られるのも嫌いだ。

自分の容姿が嫌いなわけではない。

鏡に映った自分の顔は好きだし、この容姿で得をしたことも数限りなくある。ヘテロの女の子とつきあったことも何度かあるが、彼女たちはみな、わたしの顔が好きだと言った。ビアンの間でも間違いなく、美人はモテる。

だが、容姿にある程度恵まれていても、外見を貶《けな》されることはよくあることだ。

特に、きれいな女性は傲慢《ごうまん》だから、自分が身の程を思い知らせなければならないなどという、よくわからない義務感に取り憑《つ》かれた男によって。

人からよく美人だと言われて、鏡に映る自分の顔が好きでも、自分を美人だと認めてしまうことは、そういう男たちにとって、許しがたい悪徳なのだろう。

くだらなくて笑ってしまう。

腹が立つので、美人でなにが悪いと言いたくなってしまうが、それでも大勢の前では、わたしも「自分が美人なんて考えてません」という顔をしてしまうのだ。

橋本さなぎは強い。嫉妬もあるが、そこは認めるしかない。

あえて、家に帰らずに深夜営業のカフェに立ち寄り、本を開いた。

さすがに自伝的小説だけあって、デビュー作のような生々しさはなく、少しユーモラスな筆致になっている。

自分はまだ生まれていない卵で、殻の中から世界を見ているように思えると、主人公の繭《まゆ》は語る。

それを読んで理解する。だから、ペンネームが「さなぎ」なのだろう。本名かどうかは聞いていないが、九割以上の確率でペンネームだ。

繭、さなぎ、卵。どれも世界から、殻や膜で隔《へだ》てられている。

世界と深く関わっている実感が持てないまま、繭は自分をコントロールしようとする母親に振り回され、母親から逃げるように結婚をする。

自伝的というからには、橋本は既婚者なのだろうか。それとももう離婚したのか。

書かれたものだから、堂々と読んでいいことはわかっているのに、どこか他人の心の中をのぞき見したような気分になってしまう。

わたしは、自分をさらけ出すような小説は書いたことがない。

赤裸々にこれまで経験した出来事や、恋愛のあれこれを書けば、どうしても過去の恋人や関わった人たちを傷つけてしまう。

どうやっても、ものを書く以上、自分の内面は漏れてしまうし、心の奥底は隠すことができない。

だが、それでも真実はカーテンの内側に隠しておきたい。邪推する人がいても、すべてフィクションのような顔をしておきたい。

そう考えられるのは、これまでわたしが恵まれてきたからかもしれない。

最初の方を読んだだけでも、橋本の人生が平坦なものではないことがわかる。

不思議なことに、橋本の小説を読むと、自分のことばかり考えてしまう。彼女の小説は、わたしを不穏な気持ちにさせる。

三分の一ほど読んだだけで、わたしはひどく疲れてしまって、本を閉じた。


出かける寸前に、わたしは桃の箱を開けた。

甘い匂いがとたんに広がる。まだ食べ頃には少し早かったので、わたしも今年の桃は味見をしていないが、確実に美味しいと匂いでわかる。

ひとつひとつ眺めて、大きくて美しいものを三つ選んだ。それを重ならないように紙袋に入れる。

気に入っているシャツワンピースを着て、小ぶりなルビーのネックレスとピアスをつけた。鏡の中の自分が、落ち着いた年上の女性に見えるか検分して、合格点をつける。

たぶん、会って二言三言話して、桃を渡してそれで終わりに決まっている。

初芝は、それほどおしゃべりな方でもなく、わたしに関心を持っていない。それでもせめて好印象を与えたいし、物欲しそうに見られることもいやだった。どうせ、レズビアンであることはいつか知られてしまう。

チェリモヤの香りのコロンをつけて、タクシーを呼んだ。汗だくで、彼女に会いたくはない。

ショルダーバッグと桃の紙袋を忘れずに持って、エアコンの効いたタクシーに乗り込んだ。

タクシーのシートに身体を預けて、外を眺める。

たしかに、恋愛をしていなければ、こんなに華やいだ気持ちになることは少ない。つきあえれば、それに越したことはないけれど、会って話すだけでも楽しい。

わたしが感情をちゃんとコントロールできればの話だが。

男になりたいと思ったことなどないが、それでも自分が男なら、彼女にもっと積極的にアプローチしたりできたのだろうか。年齢差などたいしたことではないと考えられたのだろうか。

駅でタクシーを降りて、山手線《やまのて》に乗り、目黒で降りる。

三分前だから、ちょうどいい時間だ。足早に待ち合わせの改札を抜けて、大柄な女性を探す。

まだきていない。そう思ったとき、声をかけられた。

「織部先生？」

振り返ると、そこに橋本さなぎが立っていた。

柔らかく巻いた髪、水色の身体のラインが出るワンピースと、踵《かかと》の高いサンダル。

まさか、彼女がいるとは思わなかった。どっと汗が出る。

「お気遣いいただいて、本当にすみません。祐から聞いて、びっくりしました」

「あ……ごめんなさい。わたし、初芝さんがいらっしゃるものだとばかり」

「織部先生がわざわざ届けてくださるんだから、自分で行かないと、と思ったんです」

一瞬、よけいな気遣いを、と思わなかったといえば嘘になる。だが、橋本はなにも悪くない。ただ、疚しさのせいか、ブロックされてしまったような気がするだけだ。

気持ちを切り替えて、わたしは笑顔を作った。

「風邪はもう大丈夫なんですか？」

橋本は、何度かまばたきをした。

「ええ、もう大丈夫です。風邪というか、夏バテだったのかも？」

咳《せき》をしたり、鼻が詰まっているような様子もない。顔色もいいように見える。

「せっかくだから、お茶でもしませんか？　それともお急ぎでしょうか」

わたしは作り笑いを浮かべた。

「ごめんなさい。時間が無くて。初芝さんに桃を渡して、すぐに行くつもりだったから……。またぜひ、次の機会に」

橋本と話したくないわけではないが、病み上がりの人と一緒に過ごして、風邪をうつされても困る。

橋本は少し残念そうな顔になった。だが、彼女ならそんな表情を作るくらい簡単だろうと思う。わたしが今、失望を顔に出さないでいるのが簡単なように。

「織部先生、またあらためてお目にかかりたいです」

「ええ、もちろん。でも、先生はやめてください。わたしも橋本先生って呼びますよ？」

そう、またあらためて。

わたしは桃の紙袋を橋本に渡した。

「本当にお気遣いありがとうございます」

「いいんです。たくさん送られてきて、少しもてあましていただけ。お大事にしてくださいね」

この暑さでは、体調を崩すのも無理もないことだ。

そう思いながら、かすかな違和感を覚えた。

仕事の打ち合わせならば、日を変えてもらっても問題ないはずなのに、橋本は初芝を行かせた。なのに、初芝で充分用が足りるのに、今日は自分でやってきた。

変わった人だ。それとも、そんなにわたしに会いたかったのだろうか。それとも、わたしの邪な意図に気づいて、初芝を寄越さなかったのか。

「じゃあ、またぜひ」

そう言ってわたしは、彼女に背を向けて改札を通った。

背中を向けているからわからないはずなのに、彼女の作り笑いが消えたような気がした。

*

橋本さなぎからそのメッセージが届いたのは、桃を渡してから、一週間後のことだった。

「お気遣い、本当にありがとうございました。もしよかったら、桃のお礼にお食事でもいかがですか？」

当日の夜、お礼メールはもらっている。相変わらず、礼儀正しい人だ。わたしにはとてもこんなふるまいはできない。

「本当に気にしないでください。親戚から毎年送ってもらうんだけど、いつも人に配って歩いているんです。もらっていただけて助かります」

「でも、せっかくですし、もっと織部さんとお話ししたいです。ぜひ、ごちそうさせてください」

わたしは少し考えてから返事を送った。

「じゃあ、割り勘でお食事しましょう。お互い、業界の情報交換ということで領収書をもらって。それでいかがでしょう」

「でも、それじゃお礼になりません」

「なら、レストランはわたしが好きな店にしていいですか？　割り勘じゃないと、次から、お裾分《すそわ》けしたり、誘ったりしにくくなっちゃうから」

返事がくるまで、少し間《ま》があった。

「わかりました。なんだか心苦しいですが、ぜひ織部さんとお食事したいです」

「苦手なものとか、こういう店はやめてほしいとかありますか?」

そう尋ねると、こんな返事がきた。

「カウンターだけのお店とかはあまり好きじゃないです」

「わたしもそういうところは、苦手です。テーブル席で、あまり隣から話しかけられないようなお店にしましょう」

なんとなく橋本は、希望をはっきり言わないような気がしていた。礼儀正しく、心遣いが細やかで、でも、本音を見せない人だという印象だ。

あんな小説を書くのだから、毒も針も持ち合わせているはずなのに、少なくとも表面上はそれを表に出さない。だから、彼女が嫌いな店をはっきり口に出したことに驚いた。

だが、その理由もわかる。

カウンターは、どうしても客と客との距離が近くなる。隣にいる男性客から、無料のホステスのような扱いを受けて、腹立たしい思いをすることは決して少なくはない。わたしは、あえてとげとげしい空気を出すことにしているが、気にせず声をかけてくる人もいる。

本当は橋本に言いたい。

「初芝さんも一緒にいかがですか?」と。

だが、さすがにそう言ってしまうことには罪悪感がある。初芝に興味があるからといって、橋本をないがしろにしたいわけではない。

わたしはレストランのウェブサイトを、橋本に送った。

「ジョージア料理？　ジョージアって、グルジアと呼ばれていた国ですよね。食べたことないですけど、おいしそう！」

「日本人の口にも合うと思うし、それにワインがとても美味しいです」

わたしはジョージアのワインにすっかり惚れ込んでしまっている。値段もそれほど高くはない。

日程を相談してから、レストランに予約を入れる。なるべく静かな席をと頼んで、電話を切った。

ふうっと息を吐く。

初芝のことは置いておいて、橋本と話をしてみたい気持ちもある。ＳＮＳでの彼女は、実際に会ったときのように、過剰にこちらに気を遣うところがなくて、好感が持てる。顔をつきあわせて話せば、もっと打ち解けてくれるかもしれない。

少なくとも、彼女の小説は好きだ。

わたしは携帯電話を置いて、初芝のことを頭から追い出した。

初芝とわたしをつなぐ糸など、ないも同然だ。電話番号を教えてもらったからといって、気軽に電話をかけていいという合図ではない。

寂しいが、なるようにしかならないのだ。

橋本と会う日、わたしは気合いを入れてメイクをした。

髪もカットしてからそれほど間が空いていないし、ネイルサロンにも行ったばかりだ。新色の色味の薄い口紅をつけて、黒いノースリーブのワンピースを選ぶ。

装いを強制されるのは好きではないし、今日行くレストランは、ドレスコードがあるような店ではない。ノーメイクとデニムパンツで行っても、場違いだとは思わない。

だが、装うことは、自分が望まなくてもそれだけで、ある種のサインを送ってしまう。

たぶん、橋本は隙《すき》の無い装いで現れるだろうし、わたしだけがラフな格好でいるせいで、彼女を尊重していないように思われるのは嫌だ。

初芝と会うときは、彼女へ抱いている気持ちを隠すために、あえてラフな格好を選び、橋本に会うときは、「あなたを雑に扱っているのではない」と示すために装う。

服装はときどき、本当の気持ちを覆い隠してしまう。

こんなことを考えるなんて、自意識が過剰すぎるかもしれない。
だが、規範を踏みつけ、無視することにも、力がいる。必要なときは、その力を使うが、無駄にそれを振り回すつもりはない。

約束の時間ちょうどに、レストランに到着する。橋本はすでに席に着いていた。
きれいに巻かれた髪と、白いブラウスに黒いパンツ、華奢《きゃしゃ》な手首には細い紐《ひも》のようなブレスレットが結ばれていた。

仕事での知り合いとプライベートで会うときに選ぶスタイルとしては、完璧だと思う。シンプルだが、崩しすぎない服装。ブレスレットは、宝飾品にくわしくない人が見れば、カジュアルに見えるが、紐にぶら下がっているチャームはピンクゴールドで小さなダイヤモンドが光っている。

同じものを、セレクトショップで見たことがあったが、五万円くらいの値段がついていた。

『彷徨』では、結婚した後、アパレル業界で働き、その後ホステスに転身したことが書かれていた。もちろん、自伝的小説といえども、すべてが真実とは限らないが、なんとなく納得してしまう。

わたしに気づかず、メニューを読んでいる橋本の向かいに座る。

「遅くなってごめんなさい」

「いえ、わたしもきたところです。ジョージア料理ってはじめてなんですけど、聞いたことのない料理がたくさんあって、すごく興味深いです」

料理は後にして、まずはワインのメニューを開く。

「どうします？　ボトル頼みます？　それともグラスでいろいろ飲んでみます？」

「織部さんはどうしますか？」

「わたしは何度かきてるから、ボトルでもいいですけど、もし橋本さんがいろいろ試したいならグラスの方がいいかも」

「いえ、ボトルがいいです。おいしいの選んでください」

ゆだねられたので、以前飲んで美味しかった白をボトルで頼む。

料理は前菜盛り合わせと、メインの豚肉ローストをシェアすることにして、他にも何品か注文する。

ヒンカリは、小籠包《ショーロンポー》みたいなジョージアの餃子《ギョーザ》で、ハチャプリは卵黄をのせたチーズ入りのパン。卵黄を溶いて、絡めるようにして食べる。

「不思議な響きの名前ですね。おいしそう」

ワインはグラスではなく、陶器のカップでサービスされる。橋本は湯飲みのような形の素朴な陶器を手にとって眺めた。

「なんか、ワインなんて、細いグラスで気取って飲むようなものだと思ってたんですけど、その土地で採れた葡萄《ぶどう》で作られて、そこの人が楽しむものでもあるんですね」

一口飲んで、目を丸くする。

「おいしい」

気に入ってもらえてほっとする。心なしか、彼女のふるまいからも、うわべだけの気遣いが抜け落ちはじめている気がした。

彼女はカップを置いて、自分の鞄《かばん》を引き寄せた。中を掻き回して、急にすっとんきょうな声を上げる。

「うわっ、やだ！」

「どうかしました？」

「桃のお礼に、マロングラッセ買ってきたんですけど、家に忘れてきちゃったみたいです。わたしって本当にドジ……」

「いいんです。本当にお礼なんて……、マロングラッセはそちらで食べてください」

「ええ……でも、せっかくだから……ちょっと待っててくださいね。祐がまだ仕事場にいるはずだから、持ってきてもらいます」

はっとした。別にいいのに、と言おうとしたことばを呑み込む。

橋本は携帯電話を手に席を立った。レストランの外に出て行って、電話をかけるつもりらしい。

彼女はすぐに戻ってきた。わたしはカップのワインを一口飲んでから言った。

「よかったら、初芝さんも一緒にお食事いかがですか？」

呼びつけておいて、すぐに帰すのはあまりにも失礼だ。橋本はちょっと戸惑ったような顔をした。

「どうだろう。きたら聞いてみますけど、彼女、お酒は飲まないし、もしかしたら晩ご飯すませてしまったかも」

ふたりがけのテーブルだから、三人では狭いが、空いているテーブルに替えてもらえるかもしれない。

思い切って尋ねてみる。

「秘書って、どんなことをされているんですか？」

もちろん、秘書のいる作家は他にもいる。作業としては、経理や、書庫の整理、契約書の管理、教科書や試験の問題に使われたときに承諾書を送ったり、講演などのスケジュールの管理をしたりするのだろう。

だが、まだ二冊しか本を出していない橋本が、秘書を必要としているとは思えない。わたしでもまだ必要だと感じないし、常勤で雇えるほど稼いでいるわけではない。

橋本はちょっとはにかんだように笑った。

「わたし、本当におっちょこちょいなんです。締め切りも忘れるし、メールの返事も忘れるし、気が付いたら食事するのも忘れていて、なんにも食べないまま書き続けて、どんどん痩《や》せていったり……。見るに見かねて、前から友達だった祐が助けてくれることになったんです」

「じゃあ、一緒に住んでいるんですか？」

「ええ、そうです。ふたりでマンションの一部屋をシェアしてます」

常にそつなく振る舞っているように見える橋本が、おっちょこちょいだというのは信じがたいが、他人には気遣いできても、自分のことになるといろいろ抜け落ちてしまう人というのはいる。

だが、まだ納得できない気持ちもある。

「初芝さん、けっこう若いですよね」

「二十五歳です。ノーメイクだし、肌がきれいだから若く見えるんですよね」

いや、二十五歳は若く見えると言うより、実際若い。

「彼女、身体が弱いとか、なにかあるんですか?」

そう尋ねると、橋本はきょとんとした顔になった。

「いえ、別に健康だと思いますけど」

初芝が好きでやっているなら、なにも言うことはないが、もしわたしならば、まだ二十代半ばの若い人を、秘書として雇うことはしないだろう。

二十代、三十代のうちにキャリアを積み重ねられるかどうかで、その先の人生はまったく変わる。小説家の秘書という仕事で経験できることもあるだろうが、キャリアとして将来に繋がる仕事でもない。

結婚や出産、病気などで一度キャリアが途絶えてしまった人なら、それほど不自然には感じないが、彼女の若さは、もったいないように思える。

初芝が秘書をすることで、橋本は助かるだろうが、初芝自身が得をしているとは思えない。編集者の言うように、初芝が有能な人ならなおさらだ。

身体が弱かったり、メンタルに問題を抱えていたりして、キャリアよりも居心地のいい環境で働くことを望んでいるのだろうかと思ったが、そうではないようだ。

小説家の秘書という仕事を好んでやりたがるなら、もうひとつ可能性がある。

「初芝さん、小説家志望なんですか?」

橋本は目を大きく見開いた。

「どうしてわかったんですか？　ええ、そうだと思いますよ。彼女とは小説教室で知り合ったので……」

それでわかった。

小説家志望なら、創作の仕事の現場にもいられるし、編集者とも繋がりができる。たとえ、収入は少なくても、自分が小説家になるまでの近道だと考える人もいるかもしれない。書生や弟子のような感覚かもしれないが、今は新人賞などを受賞してデビューする方が話題になるから、あまりメリットはない。

気が付けば、やたらに初芝のことばかり聞いてしまっていた。橋本が不審に思う前に、話を変えなければならない。

ちょうど、ヒンカリが運ばれてくる。

「わあ、本当に小籠包にそっくりなんですね」

「現地の人は、てっぺんの捻《ひね》ってあるところは残すそうですよ」

少し大きめのヒンカリにかじりついて、橋本は笑顔になった。

「おいしい！　なんか懐《なつ》かしい味」

「ですよね」

わたしもスープをこぼさないように食べる。

「餃子や小籠包みたいなものって、日本と中国にしかないんだと思ってました」

橋本はそんなことを言う。あまり食べることに興味がないのか、それとも海外と言えば、中国や韓国などの身近な国と、アメリカや西ヨーロッパくらいにしか興味がないのか。餃子のようなものは多くの国にある。

「ロシアのペリメニも餃子っぽいですし、トルコや中央アジアにも餃子に似た料理はあります。チベットやネパールにもモモがあるし」

「すごい。さぞ、いろんな国を訪問されているんでしょうね。お話、聞かせてください」

そう言われて、苦笑した。「合コンさしすせそ」というのはなにを指すんだったっけ、などと考える。

「わたしはただ、食べるのが好きなだけです。ジョージアも行ったことないですし」

さすが。知らなかった。すごい。そうなんだ。「せ」はなんだっただろう。

不思議だった。

橋本の書く小説は、あれほど彼女自身が濃密に詰まっているのに、目の前の彼女はひどく薄っぺらい。そんなことを考えるなんて失礼だが、相手の好きな姿になる能力を持つ、宇宙人みたいだ。

思い出した。「せ」はセンスいい。

「こんなお店を知っているなんて、織部さん、センスいいです」

あまりにタイミングがよくて、噴き出しそうになる。

「そんなことないですよ。ただ、食いしん坊なだけ」

つくづく思う。わたしは、橋本のことがそれほど好きではないのだ。

だが、一方で、彼女の書く小説と、SNSでの彼女は好きなのだ。自分でもその違いがうまく説明できない。

店のドアが開いて、大柄な人が入ってくる。初芝だ。

彼女はまっすぐ、こちらのテーブルに向かってきた。Tシャツと、パジャマみたいな変な柄のぺらぺらのパンツにビーチサンダルを履いている。わたしや橋本のように、装いのコードなどまったく考えていない。やはり最高だな、などと考える。

背筋がまっすぐ伸びていて、大股で歩く。まるで肉付きがよくて愛想の悪い、野良猫みたいだ。

たぶん、簡単に懐いてはくれないだろうというところも似ている。

わたしの視線に気づいたのか、橋本が振り返った。初芝は橋本に紙袋を差し出した。

「はい、これ」

「ああ、ありがとう」

さっきまでとまったく声色が違う。媚《こび》のない声。相手によって、使う声のトーンがここまで変わるものだろうか。

わたしはあわてて笑顔を作った。

「初芝さんも、一緒にお食事どうですか？　せっかくいらしたんだし」

「え……？」

初芝は驚いたような顔になる。橋本が割って入った。

「でも、この子、こんなパジャマみたいな格好できちゃってるし」

「そんな気取った店じゃないし、誰も気にしませんよ」

暑い日が続くせいか、Tシャツに短パンの人もいる。

ちょうど、ハチャプリが運ばれてくる。舟形のパンの真ん中に軽く火を通した卵黄がのっているという、少し変わった料理だ。

「これ、なんですか？」

初芝に話しかけられたうれしさに、わたしは笑顔で答えた。

「ハチャプリというジョージアのパンなんです。中にチーズが入っているんです」

「へえ……おいしそう」

「よかったら、椅子《いす》持ってきてもらいましょうか」

わたしは店員に空いた椅子を貸してもらうように頼んだ。

店員が持ってきた椅子に、初芝は腰を下ろした。橋本が眉をひそめたのがわかった。橋本は初芝に帰ってほしかったのかもしれない。

ハチャプリを切り分けて、新しく持ってきてもらった取り皿にのせる。

初芝はハチャプリを千切《ちぎ》って、口に運んだ。

「おいしいです。パンももちもちしてる！」

橋本にも切り分けたハチャプリを渡す。彼女は、それを三分の一ほど千切ると、残りの三分の二を初芝の皿にのせた。

「おいしそうだけど、こんなに食べたらお腹いっぱいになっちゃうから」

少し不機嫌そうに言う。

気づいた。初芝がいると、橋本からよそ行きの仮面が剥がれる。完璧なほど感じのいい対応が崩れる。

そして、わたしはそれを痛快だと思っている。

初芝は、まったく気にした様子もなく、橋本が皿にのせたハチャプリを千切って食べている。

豚のローストが運ばれてきたが、二人ならともかく、三人分では足りない。

「他にもう一品頼みましょうか。もし、羊肉が苦手じゃなかったら、シャシュリクとかもおすすめです。羊の串焼き」

わたしがそう言うと、橋本が答える。

「わたし、羊はあまり……」

「わたしは食べてみたいです」

初芝は口の中のものを食べ終えてから、はっきりそう言った。

「じゃあ、わたしと初芝さんとで食べましょうか」

ますます橋本が不機嫌になる気がした。

店員を呼んで、オーダーをすませる。橋本は、それ以上、料理に口をつけずにワインばかり飲んでいる。もしかすると、美味しいといったのも、わたしへの気遣いだったのかもしれない。まあ、それでもかまわない。

合コンさしすせそを駆使して接待されるより、今目の前にいる本音の彼女の方が好感が持てる。

初芝はワインを飲まないと言うから、代わりに炭酸水を頼んだ。

橋本はあまり食べることに興味がないようだった。口に合わないのか、それとも前菜とヒンカリでもう充分満足してしまったのか。

橋本は、鞄を持って立ち上がった。

「ごめんなさい。ちょっとお手洗い」

立ち上がるとき、彼女は初芝の肩に触れた。偶然触れたというよりも、なにか合図をするような触れ方だった。

豚肉のローストをナイフで切っていた初芝も、手の動きを止める。二人の間で、ことばではない会話がなされたと思った。気づかぬふりをして、ワインを自分のカップに注《つ》ぐ。

初芝とふたりきりになったのはうれしいが、なにを話していいのか少し困る。沈黙が重い気がして、口を開いた。

「お口に合いますか？」

「ええ、美味しいです。この前いただいた桃も、とても美味しかった」

橋本のお見舞いにと渡した桃だったが、初芝の口にも入ったようだ。

初芝は、カトラリーを置くと、ナプキンで口を拭《ぬぐ》った。

「ごめんなさい。わたしもちょっと」

初芝もお手洗いに向かう。ここのトイレは個室がふたつあるから、橋本の帰りを待つ必要はない。だが、かすかな違和感を覚えた。

わたしも鞄を持って立ち上がった。従業員にすぐに戻ってくることを告げて、お手洗いに向かう。

ふたりには化粧直しにきたと言うつもりだった。

ドアに手をかけたときだった。中から、ひどくつっけんどんな声がした。

「どういうつもりなの？　さっさと帰りなさいよ」

橋本の声だとはすぐには信じられなかった。さきほどまでの彼女の声よりもずいぶん低い。すぐに気づく。これは橋本が本音を話すときの声だ。

「お腹空いたんだもの。いいでしょ。織部さんが食べて行きなさいって言ったんだもの」

そう答えるのは、初芝の声だ。

「がつがつ食べてみっともない」

「あんたこそ、お酒ばかり飲んで、明日起きられなくても知らないからね」

橋本の言い方はひどいが、初芝も負けてない。

だが、初芝は反撃しているだけだ。ひどいことばを投げつけているのは、橋本だ。強い怒りを感じた。彼女に抱きかけていた好感が、ものの見事に砕けて消える。

「早く帰って仕事して」

「でも、織部さんが、串焼き頼んでくれたじゃない。それを食べずに帰るなんて、かえって失礼。食べてから帰る」

　橋本が舌打ちするのがわかった。

「咲子《さきこ》は羊食べられないでしょ。咲子が食べてくれるなら、帰ってもいいけど」

　咲子というのは、橋本の本名だろうか。「さなぎ」はペンネームだろうから、その可能性はある。

「わかった。じゃあ、早く食べて、早く帰って。いいわね。子豚ちゃん」

　背筋がぞわっとした。これではほとんどモラハラだ。

　ふたりに気づかれないように、テーブルに戻った。食欲はすっかり失《う》せていたし、これ以上、橋本と親しくなりたいとも思えない。

　シャシュリクが運ばれてくる。

　本場では葡萄の枝で作った串に刺されていると聞くが、手に入りにくいのか、この店では金串だ。

　先に、初芝が戻ってくる。お手洗いに向かう前と、表情が変わらない。落ち込んだ様子がないことにほっとする。

　あんなひどいことを言われたのに、顔色も変わっていないということは、あれが日常なのだろうか。陰鬱な気持ちになる。

秘書の仕事は感情のサンドバッグではない。

初芝は、椅子に座ると、二本ある串の一本を取り、そのままかぶりついた。

ふいに、十代の頃のことを思い出した。

大学に入ってすぐに、連れて行かれた居酒屋で、焼き鳥を頼み、そのままかぶりつくと、先輩たちに笑われた。

ひとりの先輩が皿にのった串から、箸《はし》を使って焼き鳥を引き抜いてみせた。

「こうやると、みんなで食べられるでしょ」

たかが一本の焼き鳥を、何人でシェアするつもりなのだろうとうんざりした。自分で頼んだ焼き鳥くらい、好きに食べさせてほしい。

そう思いながらも、それから人と居酒屋に行くと、焼き鳥を串から引き抜いていた。それが大人の流儀なのだと、勝手に思い込んで。

莫迦《ばか》みたいだ。その先輩も、わたしも。

やりたいようにやればいいのだ。懐石料理やフランス料理のマナーじゃあるまいし。

わたしももう一本の串を手にとって、かぶりついた。

お手洗いから戻ってきた橋本が、シャシュリクを串から食べるわたしたちを見て、驚いた顔になった。

シャシュリクを食べ終わると、初芝は帰っていった。

彼女が帰ると、橋本はまたあからさまに上機嫌になり、わたしの話を聞きたがった。橋本は、人を気持ちよく喋《しゃべ》らせるコツを知っている。それにうまくのせられたように見せかけて、笑顔でやり過ごしながらも、わたしは橋本の笑顔の裏にあるものを読み取ろうとする。

彼女のわたしに見せる好意は本物なのか。それとも上《うわ》っ面《つら》だけのものなのか。どちらにせよ、もう橋本に心を許す気にはなれない。

とはいえ、あんなに二面性のある人に嫌われるのは、得策ではない。愛想よく振る舞って、そして距離を取ればいい。しょっちゅう顔を合わせる作家の知り合いなんて、ごく数人だ。

だが、初芝のことだけは気に掛かるのだ。もちろん、彼女に対する特別な興味もあるが、橋本のようなやり方で、彼女を扱っていいわけはない。

橋本と笑顔で、どうでもいいような話をしながら、わたしは決意を固めていた。

二軒目、近くのホテルのラウンジでカクテルを一杯だけ飲んで、終電の前に、橋本とは別れた。

タクシー乗り場で、橋本を先に乗せようとしたが、彼女はそれを固辞した。仕方なく、橋本をタクシー乗り場に置いて、わたしが先に乗る。

タクシーが発車すると、わたしは携帯電話を手に取った。

橋本が自宅に帰るまでに、まだ間があるし、初芝はもう帰っているはずだ。

以前教えてもらった初芝の電話番号を探して、電話をかける。

「はい?」

数回のコールのあと、少し無愛想な声がする。間違いなく初芝の声だ。

「織部です。さっきはお目にかかれてよかったです」

「ああ……橋本がどうかしました? もしかして酔い潰れました?」

「いえ、それは大丈夫です。タクシー乗り場で別れたので、もうすぐ彼女も帰ると思います」

電話の向こうで、彼女が戸惑っているのがわかる。わたしが電話をする理由がわからないのだろう。

「ごめんなさい。おせっかいなので、気を悪くしないでほしいんだけど、わたし、さっきのレストランのお手洗いで、初芝さんと橋本さんが話をしているのを聞いてしまったんです。それで……橋本さんのことばがあまりにひどいと思ったの」

　初芝はまだ黙っている。

「友達同士なら、わざわざわたしが口を出すことではないけど、初芝さんと橋本さんは雇用関係にあるはずだし、職場のモラハラと言ってもいいと思うんです。作家はわがままなものだから、仕方ないなんて考えないでほしいです。なにかありましたら、わたしが相談に乗りますし……」

　初芝がくすっと笑うのがわかった。

「織部さんって優しいんですね。お気遣いいただいて、うれしいです」

　そのことばが本音かどうかわたしにはわからない。

「でも、大丈夫です。わたしは別に橋本に、首根っこをつかまれているわけではないし、主導権を握られてるわけでもないです。彼女、わたしに甘えてるんです。だから、あんなふうに感情を剝《む》き出しにするだけ。それに、織部さんがわたしによくしてくれるので、嫉妬したんじゃないかな。そういうとこあるんです。いつも自分が中心でいたいの」

　ためいきが出そうになる。

　そう、わたしは橋本よりも、初芝の方に興味があって、親しくなりたいと思っている。空気に敏感な橋本がそれを感じ取っても不思議はない。

「ええ、そうね……。わたし、初芝さんともっと仲良くなりたいと思ってたから、橋本さんが気を悪くしたのかもね……」

ワインのせいか、それとも少し自棄《やけ》になったのか、本音が口に出た。

「すみません。でも、気にかけてくださって本当にうれしいです」

そのことばには、嘘がない気がした。

人との関係は、ひとつの場面だけではわからないものだ。ふたりの間には、あんなやりとりで壊れないほどの強固な信頼関係があるのかもしれない。おせっかいなことをしてしまった。自己嫌悪が大きくなる。

「ごめんなさい。おせっかいなことを言って……」

「いえ、いいんです。あの……さっき、相談に乗ってくださるっておっしゃいましたよね」

わたしは携帯電話を握り直して、背もたれから身体を起こした。

「もちろん、わたしでお力になれることなら……」

「別に急ぐようなことじゃないんですけど、ひとつ相談に乗ってほしいことがあるんです。図々しくてすみません」

「いえ、なんでもおっしゃってください」

彼女は少し口ごもった。

「またあらためて、お電話してもいいですか？　もうすぐ橋本が帰ってくるかもしれないし、彼女にはあまり聞かれたくないんです。外に出たときにでもかけます」

「ええ、ええ。もちろん。いつでもお待ちしています」

電話を切って、息を吐く。

初芝と会えるのはうれしい。ただ、顔を合わせただけの知人から、直接会える関係へとステップアップできたのはたしかだ。

だが、なぜか喜んではいけない気がした。もしかすると開けてはいけない扉を開けてしまったのかもしれない。

＊

初芝からの連絡はしばらくなかった。

最初の一週間は、明日電話かメッセージがくるか、明後日にはくるかとやきもきし、次の一週間は、ひどい自己嫌悪に陥った。

橋本と初芝の間に信頼関係がちゃんとあるのなら、よけいな口出しをしたわたしのことをよく思うはずはない。もう連絡はしてこないだろう。橋本にも伝わったかもしれない。あんなこと言わなければよかった。自分では、おせっかいな方ではないと思っていたが、認識をあらためなければならない。

いや、おせっかいならまだいい。わたしはあきらかに、恋愛感情から、初芝に肩入れしている。

他の人でも心配はしたと思うが、あれほど性急に電話をしたのは、やはり彼女だからだ。

もう連絡なんかこない方がいい。初芝が苛《いじ》められているのでなければ、それでいい。妙に関わろうとしてくる気持ちの悪い人だと思われたくない。

自分の尻尾を追う犬のような、思考のループに疲れ果て、そのうち、もうどうなってもいいような気分になる。

柳沼から電話がかかってきたのは、ちょうどそんな時期だった。

「織部さん、元気？　可愛い女の子とばかり遊んでないで、たまにはぼくとも遊んでよ」

少し酔ったような声で彼はそう言った。

夜十一時を過ぎているから間違いなく、アルコールは入っているだろう。仕事中なら面倒くさく感じただろうが、たまたま前日に入稿を終えたところで、わたしも家でワインを飲みながら、配信の映画を流しているところだった。

柳沼には、こういう、やけに間のいいところがある。

「残念ながら、可愛い女の子とも全然遊んでない」

家でずっと仕事をしていただけだ。

だが、たしかにしばらく、柳沼にこちらから連絡をしていなかった。

「今、どこで飲んでるの？」

「渋谷。出てこられる？　幹本《みきもと》くんも一緒だけど」

幹本信彦《のぶひこ》。SNSで繫がっている作家だが、まだちゃんと会って話をしたことはない。

柳沼と仲がいいことは知っている。

「わたしが行ってもいいの？」

「もちろん」

ならば、近くだし、出かけて飲むのも気分転換になるのかもしれない。三十分くらいで行くと告げて、電話を切った。

軽く口紅だけ塗って、服を着替える。男に会いに行くと思うと、あまり服装を吟味する気にならない。とりあえず、洗って干してあったTシャツとデニムのパンツを穿き、電話でタクシーを呼ぶ。

財布と携帯電話だけを小さなバッグに入れて、マンションの部屋を出る。ちょうどやってきたタクシーに乗り込んで、居酒屋の場所を告げた。

夜の道路は空いている。まだ電車もある時間だから、タクシーの数も多くない。あっという間に目的地に到着する。

騒がしい居酒屋に入ると、奥のテーブルから柳沼が手を振った。わたしは、足早にテーブルに向かう。

柳沼の隣に、わたしと同い年くらいの大柄な男性がいた。

「織部さん、幹本くん」

柳沼が雑に紹介をしてくれる。

「いきなりきちゃって、すみません」

そう言うと、彼は笑って手を振った。

「いやいや、ぼくが織部さんと会いたいって言ったんですよ」

感じの良さそうな人でほっとした。

柳沼の隣に座り、メニューを広げた。気取らない雰囲気の居酒屋だが、魚料理はおいしそうだ。夕食は済ませたが、少しつまむくらいならいいだろう。

注文を取りにきた店員に、しめ鯖《さば》とハイボールを頼む。

「そういや、織部さんって、坂下さんが担当だったんじゃないですか？」

幹本にそう尋ねられた。

「そうですけど……」

担当編集者といえども、仕事をしている最中でなければ、何ヶ月も連絡を取らないことがある。坂下とも、橋本とはじめて会ったあのパーティ以来、顔を合わせていない。

「あの人も今大変だよなあ」

柳沼が含みのある笑みを浮かべる。

「なにかあったの？」

「SNSで炎上したらしい」

「ああ……」

なぜか、納得感がある。仕事関係者であるわたしにも、あれほど失礼なのだから、SNSで無神経な発言をしてしまう可能性はある。

「知ってた？」

「いや、知らない」

「でも驚かないんですね」

そう言った幹本に笑いかける。

「まあ、基本、ザツな人だから」

悪意があるとまでは言わないが、あまり擁護《ようご》はできない。

「で、どういう理由で炎上したの？」

幹本が話してくれたところによると、ツイッターの別名アカウントで差別発言を繰り返していたらしいが、そこにアップされた写真と同じものを、実名のフェイスブックにアップしたせいで、差別発言のアカウントと同一人物だと判明してしまったらしい。

わたしは眉間《みけん》に皺を寄せた。ぽろっと失言してしまった程度かと思っていたが、考えていたよりも悪質だ。

「まあ、差別アカウントの方が後で写真をあげたのなら、ネットで画像を保存されたと言い訳できるだろうけど、逆だからね。どう会社に説明しているのか知らないけど」

柳沼がグラスを置いて、そう言った。

「ふうん……」

だが、彼なら、そんなことがあっても不思議はないと思う。わたしだけではなく、世の中のものすべてを、うっすら見下しているようなところがあった。

「そういえば、今、橋本さなぎさんも変な人に絡まれているみたいだし」

幹本の口から、思いもかけない名前が出てきた。

「橋本さんも？」

「ああ、織部さん、橋本さんと仲いいですよね」

仲がいいと言うわけではない。だが、それを否定するのも妙な気がした。

幹本がそう言う理由はわかる。橋本はＳＮＳに、織部妙から桃をもらったとか、一緒に食事をしたとか書き込んでいた。もちろん、どちらも事実だから、それを書くことに問題はない。

わたしは自分の仕事の告知と、どうでもいい自分の話しか書かないようにしているが、使い方は人それぞれだ。

「変な人って、ブロックすればいいのに……」

わたしの疑問に柳沼が答える。

「や、ブロックはしてるんじゃないかな？　橋本さんに絡んでブロックされたから、長々と誹謗《ひぼう》中傷を続けているらしい」

それは災難だ。柳沼が言う。

「美人だと、変なファンやアンチに絡まれたりすることが多いよね」

幹本がちょっと妙な顔をした。

「ファンなのかなあ。前の亭主だと書いてたけど……」

わたしは、ハイボールの炭酸に噎《む》せそうになる。柳沼が言った。

「まあ、それが本当かどうかわからないけど」

「誹謗中傷って?」

思わず柳沼にそう尋ねてしまった。すぐに後悔する。前の夫が書き込むような誹謗はプライベートなものだろう。

「やあ……さすがにそれは俺の口からは言えないなあ」

「そうだよね。ごめん」

幹本が口を開いた。

「でも、矛盾《むじゅん》しているんだよな。俺のことを書いている、名誉毀損《きそん》だと言っているくせに、彼女は馬鹿だから小説なんか書けるはずはないと言ったり……だから、単に妄想なのかも」

心がざわついた。

もし、わたしが彼女の小説を読んでいなくても、彼女が小説を書いていることを知らなくても、橋本さなぎを愚かだとは考えないだろう。

彼女は、先回りして、人の感情を読み取り、人を心地よくさせることばを選んで使う。頭が回らないとそんなことはできない。

だが、つまりそれは、女は馬鹿でいてほしいと思う人の前では、愚かしく振る舞うことができるということでもある。

橋本は愚かではない。だが、同じ屋根の下で暮らしていても、彼女のことを愚かだと判断する人はいるかもしれない。

「でも、ああいうのって、どう対処するのがいいのかねえ。裁判沙汰《ざた》にするにしても、労力がいるだろうし、かといって言われっぱなしも問題があるだろうし」

わたしは幸いそんな経験はないが、粘着されると消耗することくらいは想像がつく。戦って、裁判で勝つことができても、被害自体がなかったことになるわけではないのだ。

ふいに思った。初芝が相談したいことがあると言っていたのは、もしかするとこのことなのだろうか。

連絡がこないのは、他によい相談相手が見つかったからかもしれない。

朝まで飲むというふたりと別れて、午前二時くらいに帰路に就《つ》いた。

携帯電話をチェックしてみて、メッセージが届いていることに気づいた。初芝の名前を確認して、息を呑む。

急いでメッセージを表示する。

「先日、相談に乗ってほしいとお願いしたことなんですけど、お時間作っていただけませんか？」

「もちろんです。今は仕事が一段落して、時間があります」

一気に書いて送信してから、今が真夜中であることに気づく。パソコンのメールなら時間は関係ないが、携帯電話だと起こしてしまうかもしれない。

後悔したときに、画面に着信が表示された。

「ありがとうございます。じゃあ、明日か明後日はいかがですか？」

どうやら、初芝はまだ起きていたらしい。

宵《よい》っ張《ぱ》りなのか、それとも、橋本が夜型でつきあって起きているのか。

「明日、空いてますよ」

目黒の駅の近くで、午後四時に会う約束をして、待ち合わせ場所を決めた。

タクシーはちょうど自宅近くに到着した。降りると、夜風がひんやりとして気持ちよかった。

タクシーが行ってしまうのを確認してから、マンションに入る。

明日、なにを着ていこう。どんな香水をつけていこう。そう考えている自分に苦笑する。無駄な期待をするべきではないとわかっているのに。

部屋に入って、バスタブに湯を張る。

一瞬、ＳＮＳで橋本を中傷しているアカウントを探してみようかと思ったが、少し考えてやめた。

そんなことは知らない方がいい。もし、初芝か橋本から打ち明けられたら、そのときに詳細を調べればいいのだ。


待ち合わせ場所に選んだのは、駅から近いカフェだった。フルーツを使ったケーキやパフェがおいしくて、雰囲気もいい。

橋本は桃が好きかと聞いたとき、初芝が笑って「わたしも好き」と言ったことが頭に残っている。この季節、桃を使ったパフェがあったはずだ。

遅れないように、身支度をして出かける。

今日は友達にも褒められたことのある薄紫のマニッシュなシャツと、黒いパンツを選んだ。前回、桃を持っていったときよりも、気合いが入っていてもいいような気がする。今日は、彼女から誘われて出かけていくのだから。

カフェに到着し、奥の席に案内してもらう。初芝はまだきていないようだった。携帯電話を弄《いじ》っていると、テーブルに影が差した。

「遅くなってごめんなさい」

硬い表情で立っているのは、初芝だった。

「わたしも今、きたところ。さあ、座って」

彼女は白いブラウスと紺色のタイトスカートを身につけていた。就職活動をするような無個性な服装だった。

サイズが合っていないわけでもないのに、大柄で重量感のある肉体を、無理矢理服の中に押し込めているような気がした。

心臓が高鳴る。はじめて会ったときの気持ちと同じだ。

もともと、スレンダーな女性よりも、肉感的な女性の方が好みであるという自覚はある。とはいえ、波長が合うこと、気持ちが通じ合うことの方を重視してきたから、好みはあくまでも好みにすぎない。

わたしは自分の欲望を意識の外に追いやろうと努力する。触ってみたいとか、押し潰されてみたいとか、そんな思いを箱に押し込んで、蓋《ふた》をする。

メニューを見た初芝は、かすかに眉を寄せた。

「高級なお店ですね……」

わたしはあわてて言った。

「気にしないで。ここはごちそうします。わたしの方がずっと年上だし」

初芝は首を横に振った。

「いえ、わたしがお願いしたんだから、わたしが払います」

「それは駄目。そのつもりでお店を決めたんだから、気にしないで」

初芝はちょっと考え込むような顔になった。そして言う。

「じゃあ、割り勘にしましょう」

あまりしつこくおごると言うのも、妙な気がして、わたしはそれに同意した。

なんとなく、初芝をあまり年下扱いしたくない気持ちもあった。彼女は庇護《ひご》すべき存在ではなく、対等な相手だ。

初芝は、やはり桃のパフェを注文した。わたしはフルーツ盛り合わせとコーヒーを頼む。

注文を終えると、彼女はぎゅっと身体を縮めるようにして、わたしを見た。少し緊張しているような気がした。この前、ジョージア料理店で会ったときと全然、雰囲気が違う。

わたしは口を開いた。

「こないだはおせっかいなことを言ってごめんなさい」

彼女は首を横に振った。

「いいえ、いいんです。すごくうれしかったです。橋本のことだけじゃなく、わたしのことも気にかけてくれる人がいるんだなと思ったし」

「そんな……あんな話を聞いてしまったら、当たり前のことです」

いや、当たり前ではない。もっと親切な人ならばそうかもしれないが、わたしは少し遠巻きに様子を見てしまうタイプだ。初芝だからおせっかいを焼いた。

「失礼かもしれないけど、織部さんってもう少しドライな人じゃないかと思ってました」

そう言われて苦笑する。そう、初芝の勘は正しい。

「そうだね。気に入った子だけに親切なの」

このくらいは言ってもかまわないだろう。初芝は目を見開く。表情から緊張感が抜けて、幼い顔になる。

柔らかそうな肌のためか、まるで赤ちゃんがそのまま大きくなったみたいだ。

パフェとフルーツ盛り合わせが運ばれてくる。初芝のパフェは白桃がふんだんに盛りつけられている。彼女はぎこちなく、大きな桃の一切れをフォークで刺して、口に運んだ。

「美味しい。東京って、こんなに美味しいものがあるんですね」

そう言われて、はっとする。橋本はたしか神戸《こうべ》の出身だと『彷徨』に書いていた。

「初芝さんは、どこ出身ですか？」

「兵庫です」

「神戸なら、美味しい洋菓子やデザートがたくさんありそう」

そう言うと、初芝は少し寂しそうに笑った。

「神戸じゃないですし。神戸に出るのにも三時間くらいかかるところです」

口に入れたメロンが急に苦く感じられた。

わたしが育ったのも八王子《はちおうじ》の方で、自然が多く、自分の住む場所は田舎《いなか》だと思っていた。だが、高校生くらいになれば、友達と渋谷や原宿《はらじゅく》に遊びに行くことができた。

兵庫と聞いて、簡単に神戸に出られるのだと思い込んでしまったのも、そのせいだ。

「兵庫県って広いのね」

「広いですよ。うちは鳥取の近くです」

「橋本さんは、神戸ですよね。『彷徨』読んだけど」

「そうです。わたしも就職のために神戸に出て、小説教室で知り合ったんです」

初芝は頷いた。

初芝は、橋本のようにわたしに気を遣いすぎることはない。接待のように会話のキャッチボールをするわけではなく、聞かれたことにただ素直に答えるだけだ。それが心地い
い。

わたしは季節外れのイチゴをフォークで刺して、口に入れた。甘くて香りが強い。

「橋本さんっていつもああなんですか?」

そう尋ねると、初芝は目を瞬《しばた》かせた。

「ああって?」

「その……口が悪い、というか……。もちろんわたしには感じのいい人だけど」

「そうです。甘えるとああなるんです。油断すると……かな?」

初芝は、含み笑いを浮かべた。その表情を見て気づく。彼女は、橋本を恐れているわけではない。

「でも、いつもじゃないですよ。基本は親切だし……じゃないと一緒にはいません」

それを聞いて、ほっとする。天才肌の作家が、秘書を感情のサンドバッグにしているというわけではなさそうだ。

「よかった。それを聞いて安心しました」

初芝は、パフェグラスの底に残ったアイスをスプーンですくった。それを口に運ぶと、スプーンを置く。

「織部さん、それで相談に乗ってもらいたいことなんですけど」

そうあらためて切り出されて、わたしは背筋を伸ばした。

「『やさしいいきもの』と『彷徨』、読んでくださったんですよね。どう思われます？」

「え？」

思いもかけない質問だった。彼女はそんなことを聞くために、わたしを呼び出したのだろうか。

「プロの方の忌憚《きたん》のないご意見を聞きたいんです。橋本はこの場にいませんから、本音で話してくださって大丈夫です」

「えーと……でも、わたしは書き手ですけど、プロの批評家じゃないですよ。それでもいいんですか？」

「もちろんです」

初芝は、真剣な顔でこくこくと頷いた。

全身の力が抜ける。相談というから、深刻な話ではないかと考えていたが、橋本の小説の話だったのか。

「両方ともすごくおもしろかったですよ。特に『やさしいいきもの』の方は衝撃的でした。冬だったのに、読み出したら止まらなくて、冷たい床に座ったまま最後まで読んじゃった」

「『彷徨』はそれほどおもしろくなかったですか？」

「もちろん、おもしろく読みました。繭が、自分がコントロールされていたことに気づいて、家を飛び出すところとか、とても好きです」

だが、たしかに『彷徨』には『やさしいいきもの』ほどのインパクトは感じなかった。

物語に色濃く漂うナルシシズムのせいかもしれない。

主人公の繭はひどく自己評価の低い女性だが、一方で自分の容姿が優れていることに何度も言及する。それを過剰に意識している。誰かに愛されても、それを外見のせいだと判断し、そこから動こうとしない。

もちろん、人それぞれ、見えている世界は違う。彼女にとっての真実がそうならば、わたしがそうではないと言う理由はない。

だが、わたしにとっては外見はそこまで重要なものではない。

ある種のメリットと、そしてやっかいなデメリットがつきまとうのは事実だが、それをなるべくコントロールできるように努力してきた。

たぶん、わたしの友達は、わたしが五十キロ太ろうが、友達でいてくれるだろうし、わたしも友達の容姿など気にしない。

美しい女性は好きだが、一方で、美しい人だけに恋するわけではない。

そして、わたしの容姿が今より数倍美しくなっても、叶わない恋は叶わないままなのだ。

もうひとつ、『彷徨』には筆に迷いがあるような気がした。こちらの方が重要だ。それだけ、自伝的小説というのは難しいのかもしれない。

わたしは、ことばを選んで、小説の感想を初芝に伝えた。

初芝は、真剣な顔でメモを取っている。ずいぶん仕事熱心だ。わたしはおそるおそる尋ねた。

「橋本さん、アドバイスして、素直に聞いてくれますか？」

初芝は、顔を上げて不思議そうな顔でわたしを見た。

「当たり前です」

きゅっと心臓が痛くなる。だとすれば、橋本はわたしより人間ができている。

わたしはどうしても、自分の小説を批判されることが苦手だ。

「そんなことわかっている」と耳を塞《ふさ》ぎたくなってしまう。

気が付けば、掌が汗で濡《ぬ》れている。わたしはハンカチを取り出して、掌と額《ひたい》の汗を拭った。

彼女はわたしに次々と質問を投げかけた。

捌《さば》けない量の依頼がきたら、どう対応するのが正しいのか。相性が悪い編集者と、どうつきあっていくのか。

SNSで宣伝をするペースは。献本はどんな相手にするべきか。

たぶん、どの質問の答えも、作家によって違うだろう。正解があるわけではない。

あくまでも「わたしはどうしているか」しか答えられないが、それでも参考にはなるかもしれない。

気が付けば、時刻は六時半を過ぎていた。わたしは思い切って、初芝に尋ねてみた。

「もしよかったら、夕食もご一緒にいかがですか?」

夕食は、行きつけの気軽なビストロにした。

羊のロティがとてもおいしいと言うと、初芝は興味を示した。予約の取りにくい店だが、電話をしてみると、ちょうどふたりがけのテーブルが空いていた。

タクシーで移動して、ビストロに入る。案内されたテーブルにつくと、初芝は目をきらきらさせてメニューを読みはじめた。

「どれもおいしそうです。こういうお店もなかなかこないから……」

「橋本さんは、あまり食べることに興味がないの？」

そう尋ねると、彼女は顔をしかめて頷いた。

「そうですね。空腹が満たされればそれでいいんだと思います。ワインやお酒は好きだけど」

彼女の小説では食べることがとても生々しく書かれていた。興味がないからこそ、距離を置いて、自分の中で分解することができるのかもしれない。

リラックスしてきたのか、初芝はずいぶん饒舌《じょうぜつ》になってきた。わたしはなにげなく尋ねた。

「今日は、橋本さんは家でお仕事ですか？」

「実家に帰ってるんです。知ってます？　彼女、ＳＮＳで別れた結婚相手に粘着されてるんです」

初芝は笑いながらそう言った。わたしは驚いて、グラスを持ったまま、固まってしまった。

小説のことや、仕事についてはあんなに熱心に話をしていたのに、彼女がひどい目に遭っていることはどうでもいいかのように思える。

「大丈夫ですか？　警察とかに相談しなくても大丈夫？」

「知りません。あんまり興味もないし。彼女が好きなようにすると思います。今回もその前夫の身内の人に相談に行ったんです」

わたしはあらためて、初芝をまじまじと見た。不思議な人だ。橋本も理解が難しいが、初芝も煙幕の向こう側にいるようだ。

ひとつだけわかったことがある。SNSで橋本に絡んでいるのは、間違いなく橋本の前夫だ。

「でも、ストーカーが傷害事件を起こすこともありますから、本当に気をつけて……」

そう言うと、はじめて不安そうな顔になった。

「ええっ、それは困る……。どうしよう。警察に届けた方がいいですか？」

「それを決めるのは橋本さんですけど、スクリーンショットなどを取って、証拠を残した方がいいです。気をつけてくださいね」

そうは言ってみたものの、刃物を持って襲いかかってくる人を防ぐことなどできないように思う。家に籠《こ》もりきりでいるわけにもいかない。

「わかりました。一度、橋本と相談してみます」

　初芝は神妙な顔でそう言った。その後、小さくためいきをつく。

「あの人、男運が悪いんですよね。変な男にばかり好かれるというか……」

　わたしはすかさず探りを入れた。

「初芝さんは？」

「えっ、わたし？　わたしがどうかしましたか？」

　目をきょときょとと動かす彼女に尋ねる。

「初芝さんは、彼氏とかいないの？」

「いないです。全然興味ないし、そもそもわたしなんて太っていて、でかくて、可愛げがないから男性に好かれないし」

「そうかな。可愛いと思うけど」

　そう言うと、心底驚いたような顔になる。

「そんなこと言ってくれるの、たぶん織部さんだけです」

　わたしは彼女のことばから、少しの可能性でもすくい上げようと、神経を張り巡らせる。男性に興味がないというなら、女性はどうなのか。前のめりになって聞きたいのを、自分で抑えつける。

初芝は、少し遠い目をした。

「人を好きになったこともないし、恋愛をしたいと思わないんです。意思の疎通ができない相手なら好きになれるかもって思ったことはあります」

「意思の疎通ができない相手って？」

そう言うと、初芝は首を傾げた。

「たとえば、ロボットとか？　虫とか、魚とか？　哺乳類《ほにゆうるい》は可愛いし、好きだけど、ちょっと意思が通じすぎます」

突拍子もない答えが返ってきた。

この様子では脈はあまりなさそうだ。がっかりしながらも、かすかな戸惑いがあった。

まるで、橋本さなぎの小説に出てくるような台詞《せりふ》だったからだ。

そんな台詞は二冊の本の中には出てこなかった。なのに、出てきても不思議はないと感じたのだ。

同時に気づく。初芝の話し方は、ＳＮＳでの橋本さなぎの言葉遣いによく似ている。

橋本その人は、ＳＮＳとも小説とも似ていないと感じるのに、橋本を初芝に置き換えてみると、ひどくしっくりくるのだ。

近くにいるから、影響されているのかもしれない。橋本は、初芝のことばを小説の参考にしているのかもしれない。

だが、それは罪深い行為ではないだろうか。

初芝は、小説家志望なのだから、彼女のことばは彼女自身が紡《つむ》ぐべきではないか。


食事を終えて、駅に向かった。

駅に到着すると初芝はぺこりとお辞儀をした。

「ご相談に乗ってもらえただけでなくて、夕食までごちそうしてもらって……本当にありがとうございます」

「ううん、わたしも楽しかったです。またよかったらぜひ」

「相談に乗ってくださいますか？」

「いつでもどうぞ」

デートだとうれしいが、まあ深追いするつもりはない。

初芝は、ショルダーバッグを肩にかけ直した。

「本の話がたくさんできたのもうれしかったです。あんまりそんな話できる友達いないから」

また胸がざわついた。橋本さなぎはあれほどSNSで、本の話をしているではないか。一緒に住んでいるのに、雑談ができないのだろうか。

わたしは思い切って尋ねてみた。

「初芝さん、小説家志望なんでしょう?」

彼女はまばたきをした。一瞬、時間が止まった気がした。

まるで、触れてはいけない場所に触れたかのように。

「どうしてそんなことを?」

「いえ……小説教室に行っていたって聞いたから。今も書いているの?」

初芝は笑って、首を横に振った。

「わたしはもう書かないんです。書かないことに決めたんです」

ホームから電車の到着を知らせるアナウンスが聞こえる。初芝はICカードをタッチさせると改札をすり抜けた。

「じゃあ、織部さん、またぜひ」

風のように去って行った彼女を見送りながら、むくむくと疑惑が胸の中で立ち上がってくる。

妄想かもしれない。突飛な考えかもしれない。

だが、彼女こそが、橋本さなぎのような気がするのだ。

＊

わかっている。そんなのはただの妄想だ。

そうであったら、ドラマティックだと考えてしまうのは、小説家の悪い癖だ。生きている人は小説の登場人物ではないのに。

だが、その考えはわたしの頭から離れない。

ゴーストライターという文字が頭に浮かぶ。

知り合いから、タレント本のゴーストライターをした話は聞いたことがあるし、現実に存在する職業だ。

だが、小説家にゴーストライターがいるなんて聞いたことはない。そんなことをしたってコストに見合わない。一部の売れっ子を除いて、小説家なんて大して稼げる職業ではない。わたしだって、同年代の平均よりは稼げているけれど、明日はどうなるかわからないし、秘書を雇うことも難しい。

『やさしいいきもの』は版を重ねているが、『彷徨』はまだ重版がかかっていないと、初芝が言っていた。『やさしいいきもの』は来年映画が公開になるから、話題になるだろうが、映像化して原作が売れるかどうかは、ギャンブルの要素が強すぎる。せいぜい、数千部増刷して終わりというケースも多い。

橋本さなぎが、今、ふたり分のコストをかけるだけの作家かというと、かなり微妙だと思う。

もちろんこの先はわからない。なんらかの戦略があるのかもしれない。橋本さなぎをコメンテーターとして、テレビで活躍させるとか。広告会社なども絡んでいるのかもしれない。

でなければ、このまま作家としてやっていくだけで、ゴーストライターを雇う必要などないのだ。

わたしは、少し気持ちを落ち着けようと、仕事机を離れ、キッチンに立った。

濃いめに淹《い》れた紅茶を氷で冷やし、ミルクを少し足して、リビングのソファに腰を下ろす。

落ち着いて考える。ともかく初芝の書いたものを読んでみたい。妄想だと判明してすっきりするかもしれない。

初芝の言うことが、橋本さなぎの小説っぽいのは、橋本が初芝から影響を受けているだけかもしれない。だとすれば、別に問題があるわけではない。

初芝が自分はもう書かないと言ったのも、実作する才能はないと気づいたからかもしれない。

ふいに気づいた。橋本と初芝が通っていた小説教室で、同人誌のようなものを出していないだろうか。

携帯電話を手にして、ネットで検索する。神戸の小説教室がどれほどあるかはわからないが、橋本さなぎがそこの出身であることは、アピールされているのではないだろうか。

予想は当たった。

三宮《さんのみや》にあるライター養成学校のページに、橋本さなぎの名前があり、華やかな笑顔の写真が載っていた。

小説コースのメンバーで出す機関誌のようなものはあったが、最新号しか通販はしていないようだ。文芸専門の即売会などでは売っているようだが。

ふと思って、オークションサイトを機関誌の名前で検索してみた。何冊もオークションに出されている。

初芝祐は今、二十五歳。就職のために神戸に出たというから、小説教室に通いはじめたのは十八か、十九歳だろう。ここ五年くらいのバックナンバーを探すと、四冊見つかった。年二回発行だというから、半分弱は入手できそうだ。

オークションで決済して、わたしは携帯電話から目を離した。アイスミルクティーの氷はすっかり溶けて、グラスに水の層ができていた。

オークションに出された機関誌の売り文句には、橋本さなぎの名前はなかった。たぶん、彼女は本名か、別のペンネームを使っていて、売った人も彼女の存在に気づいていない。

わたしは、まだ冷たい紅茶をぐっと飲み干した。

たぶん、違う名前を使っていても、橋本さなぎの書くものならわかる。


その三日後のことだった。

板橋《いたばし》に住む叔母《おば》から、電話がかかってきた。

「妙、元気にしている?」

半年に一度くらいしか顔を合わすことはないが、ときどき気にかけて電話をくれる。もうすぐ定年だというが、大手企業に勤めていて、子どももいない。そのせいか、専業主婦として人生の大半を過ごした母よりも、話がしやすい。

「元気だよ。なにかあったの？」

「証券会社から、また演奏会のチケットもらったから、この前送ったよ。今日くらい到着するんじゃない？」

「えっ、送る前に日程教えてって、前も言ったじゃない」

彼女はよく、クラシックの演奏会チケットを送ってくれる。なんでも取引のある証券会社がくれるのだと言うが、どれも高いチケットで、叔母がどれだけ金融資産を持っているのか不思議に思う。

「何日のチケット？」

「二十三日だったかな？　予定ある？」

「空いているけど……」

一週間後だ。締め切り前で、あまり余裕があるとは言えない。

「だって、わたしの友達ってそんなにクラシック好きな人いないし、妙の友達の方がそういう文化的な趣味持ってる人が多いんじゃないの？」

わたしもそれほどくわしいわけではないが、演奏会に行くのは好きだ。ＣＤなどで聴くよりも音楽の輪郭がくっきりわかる。

だから、チケットを送ってもらえることはうれしい。

「あ、二枚だから、誰か友達でも誘ったら？」

「わかった。ありがとう」

少し近況を伝え合ってから、電話を切った。

電話を切ってから、初芝のことを思い出した。彼女を誘ってみたらどうだろう。

このあいだフルーツメニューの美味しいカフェで、彼女が言ったひとことが耳に残っている。

（東京って、こんなに美味しいものがあるんですね）

兵庫の、鳥取に近い方の出身だと言っていた。

神戸にも何年か住んでいたはずだ。神戸には美味しいスイーツがたくさんあるが、そのときは、わざわざ探して食べに行くようなこともなかったのかもしれない。

仕事が忙しければ、そんな時間もないだろうし、就職で神戸に出たのなら、プライベートで友達を作るのも簡単ではないはずだ。

彼女になるべく、いろんな経験をさせてあげたいと思うのは、おせっかいだろうか。

ちょうど二枚あるのだから、橋本と一緒に行けばと言ってもいい。

郵便受けをのぞきに行くと、叔母からの封書はすでに届いていた。

開封してチケットを確認する。わたしでも知っているドイツの有名な管弦楽団だった。曲はブラームスの交響曲第一番と、ショスタコーヴィチのヴァイオリン協奏曲第一番。自分で聴きたいと思うのと、初芝に聞かせてあげたいと思う気持ちが半々だ。

とりあえず、部屋に戻って、初芝に電話をかけてみる。

何度かのコールの後、彼女が出た。

「はい」

少しぶっきらぼうな返事。どきどきしながら、なるべく落ち着いて聞こえる声を出す。

「織部です。今いいですか？」

「あ、はい。大丈夫です。このあいだはごちそうさまでした」

初芝の声が明るくなって、ほっとする。まだ嫌われてはいない。

「あのね。二十三日の演奏会のチケットを二枚もらったの。もしよかったら、橋本さんと一緒に行かれないかなと思って」

クラシックは好き？　と尋ねることはしたくなかった。興味がなくても、小説を書くならば触れておいて損はないと思っている。

そう考えて気づいた。わたしはやはり、橋本さなぎの小説を初芝が書いたと思い込んでいる。

同人誌は届いているが、まだすべて読んではいない。どうやら、初芝も橋本もペンネームを使っているようで、目次を見ただけではどの作品かがわからない。

試しに最初に読んでみた恋愛小説は、陳腐で甘ったるくて、半ページで胸焼けしてしまった。

次に選んで読んだものは、若くない男性が書いたと即座にわかる内容で、冊子を閉じてしまった。退職後の手すさびにでも小説を書きはじめた人の作品ではないかと思う。

「うーん」

少し困ったような声が返ってきたので、即座に言う。

「もし、お忙しいようなら、他を当たってみます」

「わたしは空いてるんですけど、橋本がまだ実家に帰っているんですよね。なんかいろいろ難しいみたいで」

戸惑って尋ねる。

「あれからずっと？」

「ずっとです。なんかストーカー規制法っていうのを適用して、彼女に近づいたら逮捕されるようにできるか、できないかとか、いろいろあるみたいです。神戸の弁護士さんにお願いしているので」

「大変……」

そう言いながらも、違和感はある。

「じゃあ、初芝さん、お仕事は？」

一瞬、空気が凍った気がした。

「書類片付けたり、帳簿つけたりしてます。まあのんびりですけど」

嘘だ。直感的にそう思う。

橋本が長時間家を空けてもいいのは、実際の執筆を初芝が担当しているからではないのか。

記憶が蘇る。ジョージア料理店のトイレで、橋本は初芝にこう言った。

(早く帰って仕事して)

秘書の仕事ならば、夜にやる必要はない。しかも橋本が遊んでいるのに。だが、執筆ならば別だ。

そういえば、出版社への打ち合わせも初芝が行っていた。あのときは彼女は仕事ができるのだと納得したが、実際に執筆するのが初芝だとすれば、それで問題がないのも当たり前だ。

「ちょっと橋本に電話して聞いてみます。織部さんは行かれないんですか？」

「行けないことはないけど、締め切り前だから迷ってるの」

「『月刊カリヨン』ですか？　織部さん連載されてますよね」

まさにその雑誌の連載だ。

「橋本も読み切り短編を依頼されてたから……たぶんそのあたりかなって」

「あたり。橋本さんは、神戸で執筆されてるの？」

一瞬、逡巡《しゅんじゅん》があった気がした。

「ええ、そうです」

嘘をつくときは、初芝の声が硬くなる。電話だとよくわかる。

「初芝さんは行けるの？」

「ええ、わたしは行けます。演奏会ってどんなのですか？」

「ライプツィヒの管弦楽団で、ブラームスの交響曲第一番をやるの」

「聴いてみたいです……全然くわしくないけど、楽器が音を奏《かな》でるところをそばで聴いていたい」

「大丈夫。わたしも全然くわしくないから。でも体験するだけでも小説の題材になるかもだし」

言ってしまってから失言に気づく。だが、初芝はそれを聞き流した。

「橋本に電話して、帰ってこられるか聞いてもいいけど……彼女、どうかな。織部さんと一緒だったら行きたがるかもしれないけど」

どうだろうか。ジョージア料理の一件から、橋本には嫌われたような気がする。

「わたしは、もし橋本さんが行けないようなら行きます。チケットがもったいないし」

初芝がかすかに笑った気がした。

「それならわたしと織部さんとふたりで行けば……と言いたいですけど、それがばれると、彼女へソを曲げると思うので、一応聞いてみますね」

そう言って、電話が切れた。

ためいきが出る。耳もとに、初芝の吐息のような笑いが焼き付いてしまったようだ。

彼女の声は適度に低く、妙に色っぽい。それが惹かれてしまう理由のひとつかもしれない。

わたしは自分に言い聞かせた。

二十五歳の子なんて、若すぎる。不釣り合いだ。彼女の方から好意を見せてくれるならまだしも、自分から口説《くど》くつもりはない。

ぼんやりしていると、携帯電話が鳴った。初芝からだ。

「橋本に聞いてみました。二十三日にはまだ帰れないそうです。織部さんがもし、よろしければ、ご一緒させてください」

「もちろん!」

仕事など、それまでに高速で片付ければいいのだ。


仕事の合間に、同人誌を読み進めた。文学賞の二次審査さえ通過しないような作品に、いくつも目を通して、ようやく三冊目に辿《たど》り着いたときだった。

虹子《にじこ》というペンネームを見たとき、かすかな予感がした。

虹という漢字には虫という字が含まれている。さなぎという筆名に通じるものがある気がした。

タイトルは「星をつかむ」

読みはじめてすぐにわかる。これは橋本さなぎの作品だ。

主人公の名前は真由《まゆ》。『彷徨』の主人公と、同じ読みの名前だ。

高校生の真由は実の叔父《おじ》と恋愛関係にある。叔父を恋い慕っている。

だが、どこかポップな少女らしい文体で、叔父への恋心を語りながら、少しずつ、真由が子供のとき、叔父から受けてきた性的虐待を明らかにする。

逃げ場がないからこそ、真由はそれを恋愛だと自分に言い聞かせて、心を守ろうとしているのだ。

『やさしいいきもの』と同じだ。真由の視点で語られているのに、その裏にあるものをはっきりと映し出す。

真由は最後に、ビルの屋上にひとりで立つ。

〝なにも手に入らないなら、せめて星くらいつかみたい。

そう思って、のばした手の中に、星がふたつ落ちてきた〟

その文章で、小説は終わっていた。

真由が自殺したとは書いていない。だが、彼女は命を絶ったのだと、確信させる一文だった。

わたしはためいきをつく。夢中になって読み進めていた。『やさしいいきもの』のときと同じだ。

だが、虹子が橋本さなぎか、初芝祐かはまだわからないままなのだ。

ふと気づく。このライター養成学校は、橋本さなぎというプロ作家を出したことをアピールしていた。教えてもらえるかもしれない。

わたしは携帯電話をつかんで、ライター養成学校に電話をかけた。

出た事務員に尋ねる。

「あの……つかぬ事をお伺いしますけど、そちらの同人誌を入手したものなのですが、虹子さんというペンネームで書かれているのは、橋本さなぎさんですか？」

事務員はあっさりと答えた。

「はい、その通りです」

ごくり、と唾《つば》を飲み込んでしまう。つまり、やはり橋本さなぎは彼女自身なのか。混乱しながら答えてもらえるかどうかわからないが、もうひとつの質問をする。

「そちらに初芝祐さんという方も通われていましたよね。彼女のペンネームってわかりますか？」

「えーと、ちょっと待ってくださいね」

個人情報だから、教えてもらえないかと思ったが、意外とあっさり教えてくれそうだ。たしかに住所や電話番号ではないから教えやすいのか、事務員が迂闊《うかつ》なのか。

「初芝祐さんは、夜野真珠《よるのしんじゅ》というペンネームです」

思わず息を呑んだ。忘れもしない。虹子の前に読んだ短編の書き手だ。

くどくどと内面描写をしているが、目が滑って少しも頭に入ってこなかった。ペンネームの雰囲気からも、絶対に橋本さなぎではないとは思ったが、念のため読んでみたのだ。

初芝がもう書かないと言ったのは、自分に才能がないことに気づいたからかもしれない。彼女が小説を愛しているのは間違いない。だからこそ、書き続けるよりも、才能のある人のサポートに回ろうとしたのかもしれない。

別に旅先でも小説は書くことができるし、初芝に橋本が「帰って仕事して」と言ったのも、なにか急ぎの用事があったのかもしれない。

わざわざ同人誌を取り寄せて、電話までかけた自分が、道化《どうけ》のようだ。

いや、道化ならまだいい。ひとつ間違えばストーカーだ。

ソファに座り込んで、わたしは海よりも深く反省した。

演奏会で初芝と会ったら、その後はこちらから連絡を取るのをやめよう。でないとまた、自分を見失ってしまいそうだ。

演奏会当日、ホールの前で待ち合わせをした。

大柄な初芝は、遠くからでもよくわかる。白いシャツとタックの入った黒いパンツ。なんだか服に身体を押し込めているように感じるのも、いつもと同じだ。

ジョージア料理店で会ったときの、部屋着のような格好が一番似合っていたな、と思う。もちろん、今日の彼女の服装はＴＰＯにふさわしいものであるし、それをどうこう言うつもりはない。ただ、もっと似合う服がありそうな気はする。

それを選んであげたいと思うのもわたしのエゴでしかない。それを喉の奥に押し込める。

初芝は上気した顔でわたしにぺこりと頭を下げた。

「お誘いありがとうございます」

「いいえ、ご一緒できてうれしいです」

「こういうのはじめてだから、どんな格好したらいいのかわからなくて……」

「全然それで問題なし。もっと普段着っぽい人もいるし」

実際に目の前を、デニムパンツの女性が通り過ぎてホールに入っていく。ドレスコードなど一切ないし、おしゃれしたい人はおしゃれするだけのことだ。

オペラなら、もう少しドレスアップする人が増えるかもしれない。

一緒に中に入ると、初芝が言った。

「プログラム、わたしに買わせてください。チケットをいただいたので……」

「いいのいいの。わたしももらったチケットだから……」

それでも彼女は頑として譲らず、プログラムを二冊買って、一冊わたしにくれた。

義理堅い子だと思うと同時に、もっと甘えてくれてもいいのに、とも感じる。たぶん、これは彼女のプライドなのだろう。

初芝は席に着くと、プログラムを熟読しはじめた。偶然触れることになったものにも積極的に興味を持って、できる限り感性を磨いて受け取ろうとする。

たぶん、クリエイターには重要な資質だろう。

それでもどんなにインプットに熱心でも、文章を書く才能が無い人はいる。

これはもう仕方のないことで、運動や美術、音楽に向き不向きがあるのと同じだ。努力すれば進歩はするが、もともとの資質が左右する。

わたしはまだ、初芝の書いた小説が、本当にあの小説なのかと信じられないでいる。

それもまた勝手なイメージなのだろう。

舞台の上に、オーケストラの人たちが登場する。

一曲目のソリストのアンコールが終わり、客席の人たちがぱらぱらとロビーに出て行く。休憩時間だ。

初芝はずっと目を見開いて、舞台を凝視していた。全身で音楽を感じている。隣にいるだけでもそうわかった。

初芝は、こちらを向くと大きく息を吐いた。

「すごかった……です」

「本当に。いい演奏だったね」

このオーケストラの他の演奏とくらべて素晴らしいかとか、他のオーケストラとくらべてどこが違うかなどはわからない。

それでも生で聴くと、その圧倒的な音楽の力を感じる。

「ヴァイオリンの音が、まるでオレンジの小さな粒みたいでした。それがひとつひとつ弾《はじ》けていく……」

初芝は饒舌に喋り続けた。

「CDや音楽配信で聴く音楽って、濃縮果汁のジュースみたいなものだったんだなって思いました。生の果実に触れたって感じ」

彼女が喜んでくれたことに、ほっとする。

一方で、どうしようもない罪悪感が胃のあたりにわだかまっている。わたしが、小説教室の機関誌をオークションで集めたり、彼女のペンネームを電話で問い合わせたりしたことを知られたら、絶対に嫌われてしまうだろう。

言わなければわからない、という問題ではない。わたし自身が、わたしの行動を知っている。

「ずっと船に乗って旅をしているみたいでした。もちろん、船旅なんてしたことないんですけど、憧れなんですよね。船の旅。いつか、何日も船に乗って、遠くまで行ってみたい」

そう、交響曲は船旅に似ている。ゆるやかな時間と激しく荒れた時間、四十分か五十分かが、まるで何ヶ月もの船旅のように感じる。

聴衆は、波に翻弄《ほんろう》されるように音に翻弄される。

やはり、初芝の話を聞くのは楽しい。小説を書く能力はなくても、彼女には物事を見る目がある。

だから、橋本さなぎは彼女を秘書としてそばに置いているのだろうか。

演奏会が終わった後、前回待ち合わせたカフェに、フルーツパフェを食べに行った。

初芝が、「またあのお店に行ってみたい」と言ったのだ。

最初に連れて行ったときは、彼女の金銭感覚も確認せずに、高い店に連れて行ってしまったことを悔やんだが、気に入ってくれたようでほっとする。

マンゴーやマスカット、メロンを使ったパフェやケーキが揃《そろ》っている。

初芝はメロンののったパフェ、わたしはスイカミルクを頼む。

「スイカとミルクって想像できません。おいしいんですか？」

こういうとき、ヘテロ女子同士なら、「飲んでみる？」とストローを差し出せばいいし、わたしも仲のいい友達で、相手がわたしがビアンであることを知っているなら、そう言うときもある。

だが、初芝に対してはできない。わたしが彼女に惹かれてしまっているから。

「爽《さわ》やかでおいしいよ。わたしは好き」

「じゃあ、今度頼んでみます」

「今日頼んだら？　次にきたときは季節が変わっていないかもよ」

そう言うと、初芝は笑った。

「本当ですね。大人だから、こんなお店で二品頼むことだってできるのに、そんなことはできないと思い込んでいる」

もちろん、それは贅沢《ぜいたく》だ。きらきらとして、無意味な。

でも、毎日贅沢をするわけではないのだから、自分を縛る「してはいけない」の鎖を振りほどいたっていい日もあるはずだ。

初芝はスイカミルクを追加注文した。

それを口にして、目を見開く。

「おいしい！　はじめての味」

「頼んでよかったでしょ」

初芝は大きく頷いた。

しばらくは、今日の演奏会の話や、最近読んだ本の話などをした。

ふいに、初芝がじっとわたしの顔を見た。

「織部さん……きれいですよね」

「えっ……」

褒められたのに、うれしいと感じなかった。そのことばには、単なる賞賛ではなく、もっと違う暗いものが込められている気がした。

「ありがとう。でも初芝さんも可愛いよ。肌もきれいだし、赤ちゃんみたいで」

「お世辞はいいです」

そう言われて、わたしは真剣な顔になった。

「お世辞じゃない。本当にそう思ってるから、わたしの思っていることを否定しないで」

彼女は驚いた顔になる。そしてそのあと素直に言った。

「すみませんでした。そう言ってくださることはうれしいです。でも、自分が一般的にどう見られているかくらいわかっています」

「そうなのかな……」

一般的にと言われると、わたしは黙るしかない。わたしは自分の主観の話しかできない。

同時にさきほど、きれいだと褒められたのに、素直に喜べなかったことに気づく。彼女は、わたしをきれいだと思うと言ったわけではなく、わたしが一般的に見て美しい方に入ると言ったのだ。

そんなことを言われたって、なにもうれしくないし、わたしにはそれほど大きな意味はない。

もちろん、容姿によって得をしていると言われれば、そういうこともあると答えるしかない。

だが、容姿は自分では換金できない価値のようなものだ。それをコントロールできて、搾取されない立場の人には大きなメリットがある。だが、立場が弱くなると、搾取しようとする人たちが群がってくるのだ。

わたしははっきりと言った。

「わたしはビアンだから、男性に好かれてもうれしくはないし、一般的にどうかはあまり気にしない」

彼女ははっとした顔になった。だが、それ以上はなにも言及しない。実家が大阪なの、とでも聞いたときのようだ。

彼女は絞り出すような声で言った。

「でも、容姿のことで傷つかなくていいのはうらやましいです」

それを言われて、わたしも息を呑む。

初芝は、容姿のことで傷つけられてきたのだろうか。たしかにそれはわたしにはない。たとえブスと言われても、それに対してせせら笑うことができる。

「わたしは初芝さんが可愛いと思うし、魅力的だよ」

初芝がアイドルやモデルのような容姿かと問われると、そうだとは言えない。わたしにとって、そんなことはたいしたことじゃないと言っても、初芝にとってはたいしたことなのだ。

「ひどいことを言う人がいたんだね……」

初芝は下を向いたが、すぐに顔を上げて笑った。

「すみません。気にしてないつもりだったんですけど」

「ううん、傷つくのは当然だと思う。でもね」

わたしはテーブルに肘《ひじ》をついた。

「初芝さん、もし若いからあなたのことが好きだって言われたら、うれしい?」

即座に答えが返ってくる。

「うれしくないです。気持ち悪い」

「それと同じ。容姿だけで褒められたり、好きだって言われるのはめんどくさい。全然うれしくない」

初芝はじっとわたしの顔を見ていた。

「でも、若さと美しさは全然違うと思います」

「そうかな」

「だって、若さはみんなに与えられて、そして奪われていくものだけど、美しさはその人固有のものだから、誰にも奪うことはできない。それを持っていたら、誇り高く生きられる」

わたしはことばに詰まる。

たぶん、初芝の言うことは正しい。わたしは少なくとも、人前に出るときに躊躇《ちゅうちょ》はしない。

初芝がたとえばテレビやインターネットの配信に出たときに、嫌な思いをするだろうことは、簡単に想像がつく。そんなことを言われない環境はあるが、言われてしまう環境もたしかに存在するのだ。

誰もがそんなふうに尊厳を傷つけられずに生きられたら、どんなにいいだろう。ささやかな望みだと思うのに、それが叶う日は簡単にはこないのだ。


それから一ヶ月、初芝には会わなかった。

わたしはわたしで、ひさしぶりにレズビアン専門クラブのイベントに出かけたり、北海道に旅行に行ったりした。

向こうで手頃な寿司や、海鮮料理をたっぷり楽しみ、飛行機で帰った日のことだった。

キャリーケースを引いて、マンションに帰り着いたわたしは、いっぱいになった郵便受けを開いた。

いくつかの入金連絡や、ダイレクトメール、そして掲載誌が一冊入っている。

部屋の鍵を開け、荷物を玄関に置いてから、土産物の中で要冷蔵のものを冷蔵庫に入れる。

それから、掲載誌の封を開け、中をぱらぱらと見る。自分の連載の挿画を確認して、目次に目をやったときだった。

橋本さなぎの名前が目に飛び込んできた。

書き下ろし短編のタイトルは「スイカミルク」だった。

*

「スイカミルク」はこんな物語だった。

語り手の愛菜《まな》は、友達が好きな飲み物として語ったスイカミルクのイメージで、はじめて自分の欲望を自覚する。想像上のスイカミルクを喉に流し込む美味と快楽のイメージが繰り返される。

これまで優等生として、母親や父親、恋人の欲望を生きてきたことを自覚しながら、地獄めぐりのように自分の欲望を探し回る。出会い系サイトで会ったばかりの男性とセックスする。ＳＭバーに足を踏み入れてみる。

だが、想像上のスイカミルクほどの幸福には、どこに行っても出会えない。

スイカミルクはどこの喫茶店やカフェにでもある飲み物ではない。スイカミルクのことを話してくれた友達に、どこで飲めるのかを聞いても、はぐらかして教えてくれない。ようやく、探し当てたカフェで、スイカミルクを飲み干した後、愛菜は自分の欲望がこの世から消え去ってしまったことに気づく。

読み終えて、ふうっと息をついた。

わたしと初芝の会話がそのまま使われているわけではない。橋本が、初芝から「スイカミルクを飲んだ」という話を聞いて、そこからイメージを膨らませたとしても、まったくおかしくはない。

だが、どうしても引っかかるのは、スイカミルクが欲望の象徴として扱われていることだ。

わたしと初芝の会話でも、追加注文したスイカミルクは、形のない抑圧をはね飛ばすものだった。偶然なのか、それも含めて、初芝が橋本に話をしたのか。

自意識過剰かもしれない。

だが、初芝がわたしに目配せしているような気がした。

もう、橋本と初芝のことを邪推するようなことはやめようと思ったのに、わたしの気持ちはまた掻き回されている。

興味だって恋愛と似たようなものかもしれない。恋していない地点に戻ることはできないように、無関心を装うことはできても、無関心になることはできない。


夏は唐突に終わりを告げる。

数日間、冷房を使っていないことに気づいたかと思うと、街を歩く女性たちの足元がサンダルではなく、パンプスやショートブーツに変わっていることにも驚く。

いつの間にか、半袖では肌寒くなり、あわてて上に着るものを探すことになる。

わたしはいつも季節に置いていかれてばかりだ。

ひさしぶりに文学賞の受賞パーティに出かけたのは、ひどい雨の日で、長袖のワンピースの上に、防寒のためのジャケットが必要なほどだった。

スケジュールに余裕はなかったが、受賞者のひとりが知人だったから、顔を出して挨拶だけして帰るつもりだった。

だとしても、部屋着で出かけるわけにはいかない。

化粧をして、それなりにふさわしい服と靴を選んでいかねばならないのは、出席時間が短かろうが変わりはない。

スピーチのはじまる前に会場に滑り込み、あたりを見回す。

知り合いと会釈し、乾杯用のビールを片手に、受賞者のスピーチに耳を傾ける。

長すぎるスピーチが続き、少しうんざりしはじめたころ、斜め前に橋本さなぎの姿を見つけた。

今日は、白いワンピースを着ている。ゆるく巻かれたヘアスタイルも、まわりから浮き立つように、華やかだ。

だが、なぜか少しこれまでと印象が違う気がした。

華やかさはこれまでと変わらないのに、橋本さなぎだと気づくのに時間がかかった。

しばらく考えてから、理由に気づく。

（少し、太った？）

もちろん、多少肉付きがよくなろうと、美しさと華やかさには変わりはない。だが、モデルのようにスレンダーだった身体に、脂肪が感じられるようになってきている。

ストレスを感じるようなことが続いたからだろうか。

初芝とはあれからまったく連絡を取っていないから、橋本の前夫の件がどうなっているのかも知らない。弁護士に相談すると言っていたから、少しは解決に向かっているといいと思うだけだ。

ようやくスピーチと乾杯が終わった。橋本に声をかけようかどうか考えていると、彼女がこちらを向いた。

ぱっと笑顔になる。

「織部さん、おひさしぶりです」

会えてうれしいという態度を全身で示すのも、以前と同じだ。

「この前は、演奏会に誘っていただいたそうで、行けなくて本当にごめんなさい。ちょっと身動きが取れなくて……」

「いいえ、わたしももらったチケットだったからお気になさらずに」

初芝はどんなふうに、橋本に説明したのだろうか。自分が行ったことは橋本に話しているのか。

チケットの話はそれで終わったと言わんばかりに、橋本はわたしに料理を取ってこようとした。

「すぐ帰るつもりなので、大丈夫ですよ」

「でも、ここのローストビーフ、おいしいですよ」

「ええ、でも先に挨拶したい人がいるので」

やんわり断ってから、「スイカミルク」のことを思い出す。

「『スイカミルク』読みましたよ。すごくよかった」

橋本は目を見開いた。

「ええっ、読んでくださったんですか？　織部さんに気に入っていただけて、すごくうれしいです」

初芝とスイカミルクを飲んだのがわたしだとは、まったく知らないような反応だった。

可能性は三つ。

スイカミルクというタイトルや題材は、初芝から聞いたわけではなく、橋本が自分で思いついたものか。それとも、初芝がわたしと一緒に飲んだということをあえて言わずに、橋本にスイカミルクの話をしたのか。

それとも、書いているのも初芝なのか。

冷静に考えれば、二番目がいちばんありそうだが、わたしは三つ目の疑惑を捨てられずにいる。

少し先に、話をしなければならない編集者の顔が見えた。わたしは会釈をして、橋本の前から立ち去った。

夏の終わり、わたしの生活に大きな変化があった。

レズビアンバーで、ひとりの女性と知り合ったのだ。彼女は、カウンターの端っこで小さく身体を縮めていた。

友達らしい連れはいたが、別の常連客と熱心に話し込んでいた。

仕事にでも行くようなコンサバティブなワンピースに、豊かで柔らかい肉を押し込んでいるように見えて、わたしは彼女に目を奪われた。

そう、初芝祐に似ていたのだ。

初芝祐ほど大柄ではなく、きれいに化粧をしていて顔立ちは少し大人っぽかったが、ふっくらとした肉付きのいい頬は初芝にそっくりだった。

わたしは、迷わず壁にもたれて、彼女に話しかけた。

すべての客がパートナーや遊び相手を探しているわけではないが、少なくとも、こういう場所なら、声をかけることに躊躇はない。

彼女はわたしに話しかけられて、頬を上気させた。まったくお呼びでない、というわけではなさそうだ。

風花《ふうか》という名前と、二十七歳という年齢を聞き出した。十近くも年下だが、まあ二十七歳となれば、充分大人だし、初芝ほどの罪悪感はない。それに彼女は、自分からこのバーにやってきた。

自分がバイセクシャルかもしれないと気づいたのも、つい最近だという。こういうタイプを口説くのは、けっこう得意である。

最初に見たときは、田舎から出てきたお上りさんのような印象があったが、生まれも育ちも東京の真ん中で、幼稚園から私立に通っていたというから、けっこうなお嬢様かもしれない。

話してみると、性格は初芝には少しも似ていなかった。

おどおどとして、自分を卑下《ひげ》するようなことばかり言うのに、どこか他人を見下しているようなところもあった。会話が常に楽しいとは言えない。

だが、なんとなく立ち去りがたい気持ちと、歯車がすでに回り出した感覚とが、わたしに風花との会話を続けさせた。

風花はわたしに口説かれたがっているし、今、わたしが会話をやめて、他の常連客と話をしたり、店を出たりすると、ひどく傷つくだろう。それはわたしの望むところではない。

わたしたちは会話を続け、結局、わたしは風花を自分のマンションに連れて帰って、セックスをした。

恋の始まりと言うには、あまりに惰性《だせい》に突き動かされている。

自分は他の人になったことがないから、他人の恋が、高揚と煌《きら》めきにあふれているかどうかは知らない。

ドラマや恋愛映画のように一点の曇りもない恋など、考えてみれば、一度もしたことがない。

今回は、惰性と、そして罪悪感がマーブル状に入り交じった恋愛だった。

風花のことが、まったく好みでないわけではない。だが、彼女に声をかけた理由の七割以上は、彼女が初芝に似ているからだ。

この場合、本当に誠意のある対応というのはどうすることなのだろうと、わたしは後から何度も考えた。

風花自身に惹かれているわけではないのだから、はじめから声をかけないことが正しかったのだろうか。

だが、ここから彼女に本当に恋をする可能性は、ないわけではなかったし、初芝はわたしの欲情や恋心にまったく気づきはしなかった。不貞でもなく、責められる理由などなにもない。そう開き直ってもいいはずなのに、罪悪感は常にまとわりつく。

誰もが、そんなに清らかな恋ばかりしているわけではない。そう自分に言い聞かせて、わたしは動き出した関係に、ブレーキをかけることを拒む。

厄介《やっかい》なことに、ベッドの中では、わたしは恋人の快楽に、身も心も奉仕するのが好きだ。

彼女の声や息づかいや、多くのサインを読み取って、その中から正解を探し出したい。自分など消え去るか、小さくなってしまい、恋人の欲望や快楽だけに尽くす存在になってしまいたい。

そして、そういう行動の結果、だいたいわたしの恋人は、わたしの恋心を大きく見積もってしまい、内側に惰性や冷淡さがあることに、なかなか気づかないという結果になる。かすかなズレが修正されるか、それともどんどん大きくなるかは、そのときによる。ともかく、風花は、わたしが彼女に夢中になっていると考えてしまったようだった。

そして、わたしは彼女のその思い込みを裏切らないように、行動する。頻繁に電話をかけたり、メッセージを送り、会おうと誘ったり、会った後は楽しかったと囁《ささや》く。

せめてセックスの相性が悪ければ、少しはブレーキがかかったかもしれないが、ベッドの中の風花は最高だった。

退屈ではあるが、関係を積極的にやめたい理由もない。

ただ、小さな蚊《か》がまとわりつくように、いつか確実に飽きる予感があるというだけだ。蚊はいつのまにか、羽音を残して消えてしまうかもしれない。そう思いながら、わたしはその羽音だけを感じている。

そんな予感など一撃で殺してしまうべきなのだとわかっているのに、それをしない自分が嫌いだった。

流されるような恋でも恋は恋で、時間と労力は必要だ。

わたしはしばらく、初芝にも橋本にも連絡を取らなかった。ＳＮＳも、一日一度か二度ほど流し見し、自分で書き込むこともしなかった。

週に二回ほど、恋人と会い、映画を観たり食事をしたりして、たまに夜を一緒に過ごす。それと仕事だけで、充分すぎるほど忙しい。

何人も手玉に取るような恋愛をしている人は、どれほどパワフルなのだろう。

秋が終わっていく。

その日のノルマの執筆を終え、大きく息をついたとき、携帯電話がメッセージの着信音を鳴らした。

　午前一時を過ぎている。たぶん、風花だろうと考えながら、データをクラウドに保存して、パソコンの電源を落とす。こんな時間に仕事や友達からの連絡は滅多にこない。ソファに移動してから、携帯電話をチェックする。液晶画面には、初芝祐という名前があった。

「夜分遅く、申し訳ありません。織部さんにまた相談に乗ってもらいたいことがあるんですけど、お忙しいですか？」

　週明けに締め切りがあるから、忙しくないわけではない。だが、初芝は特別だ。わたしはすぐにメッセージを送る。

「いつでも大丈夫です。お急ぎですか？　なにか困ったことでも？」

　返信はすぐに届いた。

「ええ……困ってます。すごく困ってます。織部さんにご迷惑をかけてしまうけれど、他に相談する人がいないんです」

　以前、橋本さなぎの小説について相談されたときよりも、ずっと切迫しているような気がする。

　わたしは深呼吸をしてから、返信を入力する。

「もし、お急ぎだったら、これからうちにいらしてもいいですよ。そこまででなければ、明日にでも」

初芝には、レズビアンであることをすでに告げてある。それに躊躇するならばこないだろうが、女性には今すぐに悩みや不安を聞いてほしい瞬間があるはずだ。恐ろしい目に遭ったりした後なら、誰かがすぐにでも相談に乗ってくれることは、救いになるはずだ。

次のメッセージが届くのに五分ほど、時間がかかった。

「伺っていいですか？」

「もちろんです」

住所と地図を初芝に送る。すぐにタクシーをつかまえて、こちらにくると初芝は言った。

携帯電話を置くと、わたしはソファに投げ出したままのパジャマやカーディガンを洗濯かごに移動させた。掃除機もかけたいところだが、時間が遅すぎる。

初芝がやってきたのは、三十分ほどしてからだった。前に会ったときよりも、少し痩せていて、顔色が悪い。目が少し腫れているのは、泣いたせいかもしれない。

部屋着のようなゆったりしたワンピースに、コートだけを羽織っている。まるで家を飛び出してきたような格好だ。

橋本と喧嘩《けんか》でもしたのか。だとすれば、今日は泊めた方がいいのだろうか。

わたしは、初芝をソファに座らせると、デカフェのコーヒーで、カフェオレを淹れた。

あたたかいものを飲むと、少しは気分が休まるはずだ。

ふたつカップを持って、ソファに移動し、ひとつを初芝に渡す。彼女は会釈をして、それを受け取った。

「デカフェだから、今飲んでも大丈夫だよ」

そう言うと、初芝は小さく頷いた。

「こんな遅くにごめんなさい。すぐに帰ります……」

「気にしないで。宵っ張りだから」

嘘ではない。明るくなってから眠ることだって、よくあることだ。一時半くらいなら、眠気すら感じない。

そのくせ、寝ようと思ったら横になっただけで眠れてしまう。作家の宿痾《しゅくあ》ともいえる不眠症にも縁はない。数少ない自慢できることのひとつだ。

初芝はゆっくり時間をかけてカフェオレを飲んでいた。

わたしもあえて急《せ》かさずに、彼女が口を開くのを待つ。

橋本と喧嘩をしたくらいのことならばまだしも、性暴力などに遭った可能性だってある。急かすことで、初芝がよけいに口を閉ざしてしまうことだけは避けたかった。

十五分ほどかけてカフェオレを飲み、初芝はカップをテーブルに置いた。そして、わたしの目を見る。

「織部さん、もし一緒に仕事をしている人に嘘をつかれたら、どうしますか?」

返事に困る。あまりにも情報が少なすぎる。

「それは……橋本さんのこと?」

「それはあえて、特定しない状態で話を聞いてもらっていいですか?」

初芝が言いたくないなら、あえて問い詰めるつもりはないが、もっとくわしいことを知らなければなにも答えられない。

わたしが困っていることに気づいたのだろう。初芝は考え込みながら口を開いた。

「たとえば、編集者と約束をしたのに、それを実行してもらえないとか、嘘をつかれてしまうとか、そんなとき、織部さんはどうしますか?」

これもまた、答えが難しい。

そんな経験は七年ほどの小説家人生で、一度くらいしかない。だが、話を聞かないわけではないし、滅多にないことだと言い切るのも躊躇する。

わたしはおそるおそる答える。

「契約違反ならば、弁護士に相談することもできるけれど、そういうことじゃないんだよね」

業界の慣習として、契約をかわすのは、本が出てから、もしくは本が出る直前だ。雑誌連載などはなんの契約もないまま、はじめることが多い。本にしてくれるという約束で連載をして、途中で打ち切られても、文句を言う場所はない。

初芝は小さくつぶやいた。

「そうか……ちゃんと契約をかわしたら、よかったのかも……」

その声を聞いて思った。初芝が揉めている相手は、編集者ではないような気がする。

だが、彼女が編集者だと言うならば、その前提で話をするしかない。

「いくつか方法があると思う。その編集者に直接言って、改善されないなら、編集長かもっと上の人に頼んで、担当を替えてもらうか。もし、わたしが知っている人なら紹介してもいい」

「はあ……」

ためいきのような気のない返事だ。これは初芝が求めている答えではないようだ。

「もうひとつ、その出版社と仕事をするのをやめて、その原稿をよそに持っていく。契約をしていなければ自由だし、契約を済ませていても、相手方に問題があるのなら契約を破棄できる」

雑誌連載時に契約をしなくても、不満を感じる作家が少ないのは、こういう解決法があるからかもしれない。

売れそうな原稿ならば、引き受けてくれるところは絶対にあるし、それがないとしたら、確実に自分の力不足だ。

初芝はしばらく考え込んだ。

「それをしたくないときは、どうするんですか。どうしても、その人と仕事を続けなければならない。でも、その人が嘘つきだったり、いい加減だったりする場合は」

そう問いかけられて、わたしは困惑した。

初芝の求めている答えは、その相手に変わってもらう方法のように思えた。

だが、誰かを変えることなんて、簡単にできるはずもない。

ときどき、こんなことを言う人がいる。「不満を言うよりも、自分が変わりなさい」と。

一見、前向きに見えるが、わたしはこれが大嫌いだ。理不尽なことは理不尽だと言っていい。社会も人間関係も、自分が変えていくものだ。

それでも、個人と個人の関係ならば、それはたしかに真実でもある。

他人を変えることはひどく難しいことだし、どうやっても不可能なこともある。

頼んで聞いてくれる人ならいい。だが、絶対に嫌だと思っている人に言うことを聞かせることなどできない。

わたしを好きでない人に、好きになってもらうことはできない。心が離れた恋人を引き戻すこともできない。

違法行為ですら、やった人間を罰することはできても、他人の行動を未然に防ぐことはできない。その行為のハードルを高くして予防することならできるが、そのハードルさえ乗り越えてしまう人がいたら、どうしようもない。

彼女が望んでいる答えではないと知りながら、わたしは口を開く。

「もし、言っても聞いてもらえない。でも、その人と仕事をするのをやめることができないなら、最終的には我慢するしかないんじゃないかな」

初芝ははっとしたようにわたしを見た。目の奥に怒りのようなものが見えた。

だが、無理なものは無理だ。

「だから、そうならないように、なんらかの交渉をしなければならないと思う」

そして、その交渉の中には、自分が立ち去るという可能性も含めなければならない。絶対に、その人との関係を絶てないと考えることは、相手に交渉の主導権を渡すことだ。

わたしは身を乗り出した。

「ねえ、もっとくわしいことを教えて？　そしたらもっと具体的なアドバイスができるかもしれない」

初芝は唇を噛んで、下を向いた。ようやく口を開く。

「難しいです……信じてもらえないかもしれないし」

わたしはたぶん、察している。

今、初芝が腹を立てている相手とは、橋本ではないのだろうか。ゴーストライターの報酬が、最初の約束と違ったとか、もしくは期間を決めていたはずなのに、解放してもらえないとか。

わたしは、彼女を怯《おび》えさせないように、ゆっくりと声に出した。

「もしかして、橋本さんのこと？　彼女が約束を守ってくれないの？」

初芝は、橋本から逃れられないと思っているのだろうか。なにか弱みを握られているのか、それとも読者に嘘をついているから、それをばらされることを恐れているのか。

初芝はかすかに潤んだ目でわたしを見たが、否定はしなかった。

「見当違いのことを言っていたら申し訳ないけど、わたし、初芝さんは橋本さんから離れた方がいいと思う。あなたはまだ若いし、他の仕事だって探せるはず」

ここまで言って違うならば、否定するはずだが、初芝は黙ったままだった。

わたしは、もう一歩踏み込むことにした。

「ずっと、そんな馬鹿なことがあるわけないと思っていた。自分の妄想だと考えていた。でも、わたし、なぜかずっとそんな気がしてならないの」

初芝は、驚いたようにわたしを見た。わたしは不安を踏み潰すように声に出す。

「わたし、橋本さなぎの小説は、初芝さんが書いたんじゃないかと思っている」

初芝は小さく口を開けた。

笑い飛ばしてほしかった。織部さん、なに言ってるんですか。そんなわけないじゃないですか。そう言われたら謝る準備はできている。

ごめん、小説家だから、妄想が激しいの。その台詞は、喉の入り口で用意されている。

初芝は、急に冷静になったような顔でわたしを見ていた。その顔からは、彼女がなにを考えているかまではうかがえない。

「織部さん、どうしてそう考えるんですか？」

そう尋ねられたから、正直に答える。

「初芝さんは、すごく……橋本さなぎの小説っぽい」

そして、橋本さなぎ自身には、彼女の小説らしい部分は感じない。

初芝は下を向いて、くすっと笑った。

「織部さん、すごい」

「妄想が?」

なぜか真実であってほしくないような気持ちがあるのが不思議だった。

初芝はまっすぐにわたしを見た。

「当たりです。橋本さなぎの小説を書いているのはわたしです」

全身の力が抜けて、わたしはソファの背もたれに倒れ込んだ。掌《てのひら》に汗をかいている。

「だったら、袂《たもと》を分かつべきだと思う。初芝さんには才能がある。橋本さなぎのゴーストライターをやる必要なんてない。新しいペンネームを使って、他の賞に応募すれば絶対にデビューできる」

こういうとき、顔をさらしている方が不利だ。橋本さなぎが別のゴーストライターを探すのか、自分で小説を書くのかは知ったことではない。だが、初芝が橋本さなぎの小説を書いているのなら、彼女は間違いなく、またデビューできるはずだ。

なぜか、初芝はきょとんとした顔になった。

「今、なんておっしゃいましたか?」

「新しいペンネームを使って……」

「そうじゃなく……橋本さなぎのゴーストライターって……?」

「違うの？」

初芝は手の甲で口元を覆った。まるでわたしがおかしなことを言ったかのようだった。

「違いますよ。だって、小説家にゴーストライターなんておかしいでしょ」

そう、わたしだってずっとそう思っていた。だから初芝が書いたのではないかという疑惑を、何度も打ち消してきたのだ。

初芝は、両膝《ひざ》を揃えて、背筋を伸ばした。

「ゴーストライターじゃありません。わたしが橋本さなぎだというだけのことです」

その答えにわたしは戸惑う。

「え……じゃあ、わたしがこれまで会っていた橋本さんは……」

「速水《はやみ》咲子。彼女は、わたしのアバターです。アイコンです。わたしが、こうあってほしいと思う橋本さなぎを、演じてもらっているだけです」

気づかなかった。パーティで会った橋本さなぎが主で、初芝祐が従だとばかり思っていた。

逆だったのだ。橋本さなぎは、初芝祐そのもので、速水は表に出る顔を演じていただけなのだ。

「……どうして、そんなことを……？」

「だって、わたしが性や欲望の話なんか書いても、説得力なんかないし、みっともないだけでしょう」

「そんなことない」

「いえ、はじめて通った小説教室で、散々馬鹿にされて笑われました。だから、別の小説教室に通うことにして、そのとき、速水と作品を交換して発表したんです。そうしたら、誰も笑ったりしなかった」

ようやく気づく。あの同人誌の原稿の時点から、入れ替わりは完了していたのだ。虹子は橋本さなぎの前身だった。初芝が小説を書き、それを速水が自分で書いたような顔をして提出して、合評会などにも出る。初芝のペンネームであるはずの夜野真珠の小説は、速水咲子が書いていたのだろう。

初芝は話し続けた。

「それに、わたしがわたしのままでは自由に書けない。速水が橋本さなぎを演じてくれているから、わたしは自由に書けるんです」

力が抜ける。自分でない人になったことで、正直になれる。その感覚はたしかにわかるような気がした。だが、それはどう考えても危険だ。

わたしはこんがらがった頭の中を整理しようとした。

「太らないでほしいと頼んでいるのに、速水、最近二ヶ月で五キロも太ったんです。『そんな姿で橋本さなぎを演じてほしくない』そう言ったのに、彼女『あんたが好きなように食べて太ってるのに、わたしが同じことしちゃいけないと言うの？』なんて言うんです。わたしは小説を書いているけど、彼女は取材を受けたり、パーティに出たりとか……そんなことしかしていないのに」

初芝は話し続けている。わたしはためいきをついた。

「覆面作家になればよかったのに……」

「取材を受けたり、サイン会をしたりできないじゃないですか。宣伝の機会が失われてしまう。それに、編集者にだって、自分の本当の姿なんか知られたくない」

彼女が囚《とら》われているものの重さに、気が遠くなる。だが、わたしはそれを肯定できない。

「覆面作家として活動していたら、なにかの拍子にあなたの顔や姿が知られても読者は失望などしないと思う。でも、嘘をつくのは、まったく別のこと。嘘を知ったら、読者は離れていく」

初芝はきっとわたしを睨《にら》んだ。

「わたしの嘘は誰かを不幸にしていますか？　誰かを困らせていますか？」

そう、ばれなければ誰も不幸ではないのかもしれない。だが、すでに初芝は気づいているはずだ。その嘘がうまく回らなくなっていることを。

SNSのアイコンならば、別のものにすげ替えることはできる。

だが、現実の人間を取り替えることはできないのだ。

＊

初芝祐と速水咲子が出会ったのは、大阪のカルチャーセンターだった。プロ作家が小説の執筆を教えるというコースで、ふたりを含めて、三十人くらいの生徒が受講していたという。

小説を講師である作家に提出して、講評してもらうというのが、そのコースの最終目標だった。

講評はそれぞれの生徒だけに渡されたが、初芝の作品とその講評だけは、生徒全員に配られた。提出された作品の中で、いちばんレベルが高かったという理由だった。

初芝にとって、はじめて書いた小説だったが、講評は絶賛に近いものだった。うれしかった。ようやく自分の存在を認めてもらえたような気がした。

だが、そのコースの打ち上げ会場で、他の生徒たちのからかいがはじまった。初芝の小説を、わざと声に出して読み上げ、彼女が大胆な妄想ばかりしているとか、地味そうに見える子ほどすごいとか言いはじめた。

つらかった。これまで楽しく会話していた人の口からも、ぞっとするようなことばが飛び出した。

初芝は、生徒の中でいちばん年下だったから、優しく接してくれる人もこれまでは多かった。なのに、そこでは誰もかばってはくれなかった。

話を聞いていたわたしは、思わず口を開いた。

「嫉妬もあったと思う」

自分よりも確実に下だと信じていたのに、自分より若くて、才能があることを見せつけられて、その鬱憤《うっぷん》を晴らしただけだ。初芝はなにも悪くない。

初芝は、下を向いて首を横に振った。

「でも、わたしのことを莫迦にしているから、あんなことを言うんでしょう」

そう言われて返事に詰まる。たぶん、そう感じる初芝の感覚は間違っていない。容姿や年齢、性別やふるまいで序列をつけたり、勝手に相手を下に見たりする。そんな人はたくさんいるし、自分だってそれをしていないとは言わない。

打ち上げが終わって、同じように神戸方面に帰る速水と、同じ電車に乗った。

速水は、初芝の書いた小説を褒めてくれた。好きだと言ってくれた。初芝をからかった生徒たちに腹を立ててくれた。

「咲子は、教室の中でもいつも、他の生徒――特に男性――に囲まれていて、みんな彼女に憧れていた。きれいで、華やかで、いつも人を惹きつけていた。だから思ったんです。わたしの小説も、咲子が書いたのなら、あんなふうにからかわれたりしないんじゃないかって」

初芝はそれを口に出した。

速水はひどく色っぽく笑った。

「じゃあ、試してみる?」

そこからふたりの共犯関係がはじまったのだ。

「自分が咲子みたいだったら。そう思ったらとたんに自分の小説が自由になった気がしたんです。スリムできれいで華やかで、誰にもいじわるな目で見られない。だから彼女には太ったりしてほしくないんです。それなのに、最近はまるでわざとわたしに当てつけるように夜中にものを食べたりするんです」

話し続けていた初芝が、疲れたようなためいきをついた。

時計に目をやると、午前三時を過ぎている。疲れるはずだ。わたしはソファから立ち上がった。

「もう遅いから泊まっていったら？　こんな時間だとタクシーつかまえるのも大変だし」

「……でも、ご迷惑じゃ……」

そう言いながらも、初芝は眠そうだ。

寝室からシーツを持ってきて、ソファの上に敷いた。来客用の枕と羽毛布団も出す。

「一ヶ月前に干したから、そこまで湿ってないと思うけど……」

来客があるとわかっていたのなら、乾燥機をかけておくのだが、今日はあまりにも急だった。

「すみません。ご迷惑おかけします。充分です」

初芝がどうしても帰ると言い出さなかったことに、少しほっとする。帰ると言ったら、なんとしてでもタクシーをつかまえなければと思っていたから、泊まってくれる方が面倒が少ない。

「シャワー浴びる？」

「大丈夫です」

「そう。もし浴びたくなったら勝手に使ってもいいからね。それと冷蔵庫にミネラルウォーターがあるから、それも勝手に飲んで」

「お世話をかけます」

わたしは夕食後にシャワーを浴びたから、あとは歯を磨くだけだ。念のため、タオルと以前ホテルからもらってきたアメニティの歯ブラシを初芝に渡した。

「これ、好きに使って。わたしも寝るから」

「ありがとうございます」

ぺこりと頭を下げる初芝は、眠そうで可愛らしい。だが、わたしの中で、彼女に対する欲望は嘘のように消えてしまっていた。

ソファに座って、羽毛布団を膝に掛けた初芝は、じっとわたしを見上げた。そして口を開く。

「誤解しないでほしいんですけど……」

「ん？」

「わたし、自分の容姿にコンプレックスがあるのは事実だけど……別にこのままでいいんです。今のままのわたしでも全然かまわないんです。咲子や……織部さんみたいにきれいでなくてもいいと思っています」

わたしはあえてなにも言わずに、彼女のことばを聞いていた。

「でも、でも、容姿のことで貶《おとし》められるのが当たり前だなんて、受け入れたくないんです。笑って、そんなものだなんて思いたくないんです。傷つけられるのが当たり前の世界なら、なんとしても反抗したいんです。間違ってますか?」

胸が詰まった。

初芝の言うことは、なにも間違っていない。美しくない。若くない。そんなことで理不尽に貶められるような世界なら、そんな世界の方が間違っている。

だが、初芝のやり方を受け入れるのは難しい。

それは、わたしが容姿について、初芝ほど切迫したコンプレックスを持っていないからだろうか。

「うん……そうだね」

あえて、間違っているともいないとも言わなかった。それでも初芝はほっとしたような顔で、ソファに横になった。

「おやすみ」

「おやすみなさい」

その声を聞いて、リビングのドアを閉めた。

そのまま寝室に行っても眠れないような気がして、わたしは玄関のドアを開けて、外に出た。

喫煙者なら煙草《たばこ》を吸うところだが、ただ、少し携帯電話を弄《いじ》って、それから空を見上げる。

都会のマンションの廊下からは、切り取られた一部の空しか見えないし、そこには星も月も見えない。分配されて、どこが欲しいかも選べないケーキみたいだ。わたしの分にはいちごもウエハースの家ものっていない。それでも夜空を眺めていると、少し気持ちが落ち着いてくる。

初芝の心の奥深くは、この世に生まれ出ることを拒んでいるようだ。

生まれてしまったことを恨んでいるのかもしれない。蛹や繭など、成体になっていない形を、自分の分身の名として選ぶのも、納得がいく。

それでもこのまま、蛹や繭のままいることなどできない。

だが、誰かの手によって無理に殻を破られることも、あってはならない。わたしが蛹を殺してしまったときのことを思い出す。

彼女を責めるのは簡単だ。だが、わたしだって、自分が本当に大人として生きられているのかなんてわからない。

わたしが初芝のやり方を受け入れられないのは、いつか必ず詰むからだ。もうすでに関係はほころびはじめている。

だが、それが彼女の選択ならば、わたしにできることなどないような気がする。

空を見上げながら、消えてしまった自分の恋心について考える。

失望したからか、恐れたからか。自分が思っていたような彼女ではなかったからか。

わたしは、自分の感情や欲望すら、うまく制御できない。

部屋に戻り、リビングをそっとのぞくと、初芝の寝息が聞こえた。

少なくとも、彼女の眠りが穏やかであるように、と、わたしは祈る。

リビングの方から物音がしたような気がした。

とりあえず、寝返りを打ち、携帯電話に手を伸ばす。頭も身体もまだまったく覚醒《かくせい》していない。なんとか液晶画面で時間を確かめる。

午前九時。普通の人が起きるのには遅いかもしれないが、わたしが起きるのには早すぎる時間だ。

リビングから人の声が聞こえてきて、はっとする。

初芝が電話でもしているのだろうか、と思ったが、次の瞬間気づく。少し甘ったるいようなしゃべり方は、初芝のものではない。

風花だ。そう気づいたわたしは、ベッドから飛び起きた。

顔を洗うよりも先に、リビングに飛び込んだ。髪は寝癖だらけだろうが、知ったことではない。

リビングには、風花と初芝が立っていた。風花には、まだ合い鍵は渡していないはずなのに、どうして。

並ぶと、ふたりはやはりよく似ている。

「風花、どうしたの?」

言い訳をしなければならないことはわかっていた。だが、それよりなぜ、彼女が部屋にいるのか知りたい。

「モバイルバッテリーを取りにきたの」

冷ややかな声で風花が言った。彼女が腹を立てていることはすでに表情からわかってい
る。

前回、泊まりにきたとき、風花がモバイルバッテリーをうちに忘れたという話は聞いて
いた。そのとき、「いつでも取りにくれば？」と言ったのだ。

頭痛がする。寝不足のせいか、この状況のせいか、わからない。

「くるなら、連絡くれればよかったのに……」

「しました」

あわてて、携帯電話を見ると、朝八時にメールが入っている。こんな時間から起きてい
るはずはない。

風花は顎でしゃくるように、初芝を指した。

「インターフォンを鳴らしたら、彼女がドアを開けてくれました」

初芝が困ったようにわたしを見る。

「ごめんなさい。わたしも寝ぼけていて……宅配便かなにかだと思ったんです」

わたしは髪を掻き回した。

「うん、別にいいの。開けてくれて全然大丈夫」

後ろ暗いことなどなにもない。そう自分に言い聞かせているのに、疚しさしか感じない。

わたしは風花の肩を抱いて、リビングを出た。

風花に初芝が家にいるところを見られたことよりも、初芝に風花を見られたことの方が心苦しいと感じる。自分の感情が歪《ゆが》んでいることはわかるけど、理性ではどうにもできない。

「誤解しないで。彼女は、作家仲間で相談に乗ってあげていただけ。別につきあっているとか、そういうんじゃないから。なんにも疚しいことなんかないから」

察してほしい。セックスしているならば、ダブルベッドに一緒に寝ているはずで、初芝をひとり、リビングのソファに寝かせたりしない。

風花は、きっとわたしを睨んだ。

「なんていう作家？」

そう、彼女はときどき、ひどく勘がいい。

「デビュー前なの。今は、橋本さなぎさんの秘書をやっている」

正直に答えるしかない。だが、風花が納得した様子はない。

「どうして、妙はわたしのことを彼女だって紹介してくれないの？」

思わず目をそらしたくなる。向かい合っていた初芝と風花は、ひどく似ていた。風花が自分の恋人だと紹介すれば、初芝に恋心を悟られてしまうような気がした。

わたしはあわてて、笑顔を作った。

「紹介するよ。彼女、ヘテロだから、ちょっと言いづらかっただけ」

風花の背中を押して、リビングに戻る。ソファの上で困った顔をしている初芝に言った。

「初芝さん、彼女、御嶋《みしま》風花さん。わたしの恋人なの。だからあなたがいることに、ちょっとびっくりしちゃったみたい」

それから風花に初芝を紹介する。

「さっき話した初芝祐さん。ちょっと仕事のことについて相談に乗ってたの」

初芝は、ようやく、なぜ風花がこれほどとげとげしい顔をしているのか、理解したようだった。

「あ……そうだったんですね。本当に、ただ相談に乗ってもらってただけです。わたし、今とても困っていて、それで昨日いきなり、織部さんに相談したくなって……」

わたしは心で初芝に詫《わ》びた。彼女が言い訳しなければならない理由も、申し訳なく思わなければならない理由もない。

初芝がそう言ったことで、ようやく風花の表情も和《やわ》らいだ。

「事情はわかりました」

初芝は、立ち上がって自分の鞄を取った。

「すみません。もう帰ります。相談に乗ってもらえてうれしかったです。洗面所だけお借りしていいですか？」

「ええ、もちろん」

初芝は、洗面所で身支度を整えると、玄関に向かった。わたしも初芝を送りに出る。

「なんだか、変なことになってごめんなさい。駅までの帰り道わかる？」

「スマホのナビがあるので大丈夫です。また、相談に乗ってもらっていいですか？」

そのことばを聞いて、ほっとする。まだ初芝からの信頼を失ったわけではないようだ。

「もちろん。いつでも連絡して」

初芝は声をひそめるように言った。

「あのこと、誰にも言わないでくださいね」

本当を言うと、少しやっかいだと思った。

秘密を背負わせられるのは苦手だ。たとえ信頼してくれた証《あかし》だとしても。

わたしが話さなくても、もし、他の人から漏れてしまえば、わたしが話したのだと疑われてしまう。それならば、秘密など知らない方がいい。

誰かと秘密を共有することへの興味はほとんどない。

だが、初芝に積極的に関わったのはわたしだ。もう後戻りはできない。

「わかってる。誰にも言わない」

そう言うと、初芝はなにかを決意するように小さく頷いた。


リビングに戻ると、風花はソファに腰を下ろしていた。

彼女の機嫌が直ったわけではないことは、漂う空気でわかる。機嫌を取らなければという気持ちと、どうにでもなれという気持ちが入り交じっている。

「初芝さんも言ってたでしょ。ただの友達だし、なんでもないんだって」

風花はわたしから目をそらしたまま、口を開いた。

「妙、彼女とは、いつから知り合い？」

核心に触れられてしまいそうな危うさを感じながら、わたしは作り笑顔を浮かべる。

「えーと、最初に紹介されたのは春先だったかな」

「わたしと会う前から知ってるんだ」

皮膚の表面を濡れた指でなぞられるような不快感があった。

「うん、そう。でも家にきたのは昨日がはじめて。急にメッセージで相談したいと言われたの。スマホ見せてもいいよ」

無実である証拠はいくらでも提出できる。浮気ではない。

だが、誰にも打ち明けていないはずの感情を、風花に読み取られてしまった気がした。

風花はようやくわたしを見た。

「ねえ、妙はどうしてわたしに声をかけたの？」

この質問はこれまで何度も投げかけられた。わたしと風花との睦言《むつごと》のようなものだった。

そのたびにわたしは、「風花が可愛かったから」とか「寂しそうだったから」などと答えていた。

それはどちらも嘘ではないが、混じりけのない真実というわけでもない。

みんなそうではないか。嘘をつかないまでも、真実を見目《みめ》麗《うるわ》しく刈り込んで、それを共有して生きているのではないか。

今日はどう答えようかと迷っていると、風花は続けた。

「妙は、ただ、わたしやあの子みたいに太った子が好きなだけなんでしょ。ただ、それだけだったんでしょう」

　わたしは小さく口を開けた。

　なぜ、風花が責めるようにそう言うのかがわからなかった。

　それを真実だと思って、腹を立てるくらいなら、本当のことを知ったら怒りで震えて、わたしを許さないかもしれない。

　風花や初芝のような女の子が好みのタイプで、だから声をかけたというのが、そんなに悪いことなのだろうか。

　戸惑いながら、わたしは風花と見つめ合った。

　風花は涙混じりの声で言った。

「本当はわたしでなくても、似たような女の子だったら、誰でもよかったんでしょう……」

　自分がどう行動すべきなのかはわかっている。彼女を抱きしめて、「そんなことない。風花だから好きなんだよ」と囁いて、キスをして。

　だが、身体が動かない。

　風花がなにを言おうとしているのか、理解してしまったからだ。

　たぶん、風花はわたしが彼女の中に、宝石のような美しいものを見出したと信じていたのだ。

大勢の中から彼女に声をかけたのは、他の誰にもない素晴らしいものをわたしが見つけたからだと思っていたのだろう。

だから、彼女は腹を立てている。わたしが愛していたのは、彼女自身が嫌悪していた彼女の肉体だったと気づいて。

風花は口癖のように、痩せたい、痩せたいと言っていた。わたしはそのたびに、「そのままが可愛いのに」と言っていたけど、単に恋人の優しさだと思っていたのだろうか。ためいきが出る。その彼女の幼ささえ抱きしめられるほど、自分が風花を愛していればよかったのに。

だけど、あなたは、わたしの中にそんな美しいものを見出しているのだろうか。それほどわたしを愛しているのだろうか。

正直、わたしには風花に愛されている実感など、ほとんどないのだ。

そう言えば、風花はむきになってそんなことはないと言うだろう。

だが、彼女が愛しているのは、風花に跪《ひざまず》く恋人としてのわたしだけではないのか。彼女の世界には、ずっと彼女しかいなくて、近づこうとしても、強固な膜にはね飛ばされてしまう気がした。

他の女の子を部屋に入れたことを責められるならまだいい。

だが、わたしが彼女に、なにかかけがえのない美しいものを見出していたわけではないということを責められたって、戸惑うことしかできないのだ。

風花の望むものを供給するために、わたしが存在するわけではない。

わたしは長く黙りすぎてしまった。いくらことばを重ねても、沈黙が語ったものは打ち消せない。

風花はソファから立ち上がり、わたしのマンションから出て行った。

追うべきだということはわかっていた。だが、追いかけた後どうするかを考えると、なんだかうんざりして、わたしはドアの鍵を閉めて、もう一度寝ることにした。

さほど執着しているつもりはなくても、恋人との別れはどこかにダメージを残す。

なんとか心を奮い立たせて、仕事は間に合わせたが、その後はなにもする気になれない。一週間ほど休みにして、遊んだり、ひとりで旅行に行ったりするつもりだったが、結局、なにもかもキャンセルして、家でただぼうっとテレビを見たり、ソファに座って、天井を眺めたりしていた。

初芝のことが気にならないと言えば、嘘になるが、あえて連絡したいとも、その後の事情を知りたいとも思わなかった。

結局のところ、初芝の挑んだ勝負は、簡単に降りることなどできないギャンブルだ。今は賭け金を上げ続けるしかないだろう。

だが、時間が経てば経つほど、傷は深くなる。

わたしにはふたりがどうするのか、想像もできない。

気が付けば、空気には冬の気配が漂うようになってきていた。


寂しさを紛らわせるためか、その年の十一月、わたしはやけに防寒具を買い込んだ。分厚い敷き毛布、仕事するときに使うスウェーデン製の膝掛け、ムートンの防水ブーツ、オーロラだって見に行けそうなほど頼もしいダウンジャケット。

せっかくだから、本当にオーロラを見に行ってみようか、などと考えたほどだ。

寒い中で長い時間過ごす趣味はないから、わざわざオーロラを見に行ったことはないが、一度だけ、パリからの帰りの飛行機で見たことがある。

キャビンアテンダントの女性が、こっそり起こしてくれて、窓の外をのぞいた。発光する緑のラインが、暗闇の中はっきりと見えた。

そのときは、感動するほど美しいと感じたわけではない。珍しいものが見られたことはうれしいけれど、こんなものか、と思った。

だが、実際に現地で見てみると、まったく違うのかもしれない。

調べてみると、バスに乗って、オーロラが見えるところまで行くツアーや、船でオーロラを探すツアーなどもあった。乗り物に乗って待つのなら、さほど寒くはないはずだ。

そんなことを調べる気力がようやく出てきた頃、初芝からメッセージがあった。

「ごめんなさい。また相談に乗ってもらっていいですか？　今度はレストランの個室かなにかで」

どうやら、この前のことをまだ気にしているようだ。すぐにメールでも送ればよかった。

「もう彼女とは別れたの。だから気にしなくていいよ。レストランの個室でも全然いいけど」

「そうなんですか？　もしかしたらあのときのことが？」

「ううん、それは関係ない」

嘘ではない。家で初芝と鉢合わせたことがきっかけだったにせよ、火種はもっと前からくすぶっていた。

わたし自身、風花に対して誠実だったとは言えないし、風花が望んでいたものを自分が与えられたとは思わない。

遅かれ早かれ、駄目になることは決まっていた。

あの日から、一度もメッセージも電話もしてこない、風花の意外なほどの潔さには、心を動かされなくもなかったが、自分には彼女に連絡をする権利などあるはずもない。

まあ、特に初芝を家に呼びたい理由もない。彼女が指定した個室居酒屋で会うことにした。

待ち合わせ時間ちょうどに行くと、初芝はすでに到着していた。

今日の彼女は、アフリカンな柄のワンピースを着ていた。これまで見た服装の中で、いちばん彼女に似合っている。

わたしは掘りごたつの向かい側に座って、言った。

「そのワンピース、素敵。初芝さんにとても似合ってる」

彼女は少し恥ずかしそうに笑った。胸が痛くなる。

このままの彼女が、橋本さなぎとして存在しても、なんの問題もないのに、彼女自身がそう思っていないのだ。

もちろん、ひどいことを言う人がゼロだとは言い切れないが、そんな人は本を買いたいとも思わないだろうし、相手にしなければいい。反対に、美人だからという理由で本を買う人もそれほど多くはないはずだ。

だが、わたしがそう言っても、初芝がそれを信じられない限り、なんの意味もない。

注文を終え、店員が出て行くと、初芝は真剣な顔でわたしを見た。

「正直、もう無理だと思います」

唐突なひとことだったのに、なんの話かはすぐにわかった。

「速水さんと一緒に続けていくこと?」

初芝は頷いた。

「彼女は、もうわたしの言うことなんて聞いてくれない。橋本さなぎであり続けるためには、自分の存在が不可欠だと思って、わがまま放題です。あんな人だと思わなかった」

わたしは掘りごたつの中で足を組んだ。

「初芝さんはどうしたいの?」

「もう彼女とはやっていける気がしません」

それはわかった。だが、このまま速水と関係を絶つだけで、なにもかもがうまくいくはずはない。

ハイボールとジンジャーエールが運ばれてくる。初芝はジンジャーエールをごくりと一口飲んだ。

わたしはハイボールをそのままにして、口を開いた。

「選択肢はいくつかあると思う。まずはプランA。橋本さなぎの名前を速水さんに譲って、初芝さんはまた別の名前で小説を書く」

いちばん穏便な方法だ。二冊の本と数作の短編を手切れ金代わりに縁を切る。『やさしいいきもの』が映画になるときの原作使用料もあるから、速水も納得するだろう。

橋本さなぎの新作はもう発表されない。もしくは、速水が別のゴーストライターを探すかもしれない。

初芝には才能がある。わずかな作品を手放しても、やり直すだけの価値はあるはずだ。

初芝は口を開いた。

「絶対に嫌です」

そう言うような気がしていた。彼女はわたしが想像する以上に、「橋本さなぎ」に執着している。

「じゃあ、プランB。これは少し危険でもある」

初芝が息を呑むのがわかった。

「初芝さん、担当編集者の連絡先は知っている?」

「もちろんです。連絡はわたしが取ってますから」

「じゃあ、全員でなくてもいい。信頼できる人に本当のことを打ち明けて。『やさしいいきもの』の担当者には話した方がいいと思う。それから、電子メールやSNSアカウントのパスワードは全部変えて」

「どういうことですか?」

「速水咲子を、『橋本さなぎ』から閉め出すの」

初芝は小さく口を開けた。考えてもみなかった、という顔だった。

「そんなこと……できるんですか?」

「橋本さなぎは、美人だから評価されているんじゃない。おもしろい小説を書くから評価されているの。橋本さなぎが存在し続けるのに、必要なのはあなたで、速水さんではない」

「でも、この先取材や打ち合わせとかがあったら……」

「この先は、取材やサイン会は断って、打ち合わせは信頼できる人だけ、もしくはメールか電話でやりとりするの。つまり、この先、覆面作家と同じように人前には出ない」

嘘をつき続けることを思えば、第一の案の方が楽なはずだ。

だが、どうしても初芝が「橋本さなぎ」を手放したくないと言うのなら、それ以外に方法はない。

「でも、もし咲子が、『自分こそが橋本さなぎだ』って言ったら……」

「言ってどうなるの？　彼女には橋本さなぎの小説を書くことはできない」

もちろん、彼女がどこかで、自分が橋本さなぎのアバターだったことを告白するかもしれない。それなりに荒波には巻き込まれるだろう。だが、幸い、橋本さなぎにそこまでのニュースバリューがあるわけでもない。

耐えていれば、いつか荒波は収まる。大事なのは作品だ。本を出し続けることができれば、生き残れる。

速水がいくら騒いでも、忘れ去られるだけだ。

初芝はしばらく、わたしの言ったことばを噛みしめていた。彼女の目が、強い光を宿しはじめる。

「たしかに……できるような気がしてきました」

「でも、簡単じゃないと思うよ」

「それでもやります。わたしこそが、橋本さなぎですから」

そう言う初芝を見ながら、わたしはひどい胸騒ぎを感じていた。

きっと、速水は抵抗してくる。彼女も同じように言うだろう。

わたしこそが、橋本さなぎだ、と。

＊

正直に言うと、不安や胸騒ぎだけに囚われていたわけではなかったと思う。初芝を助けたいというヒロイックな気持ちもあったし、それだけではない高揚感もあった。このままでは終わらないと思うからこそ、気持ちが昂《たか》ぶるような気がした。

思えば、アドレナリンは、危険から生き残るための身体の機能だ。文明社会に生きているはずなのに、わたしたちはまだ太古の身体の機能に、心を支配されている。

だけど、結局わたしたちが、自分の本当の気持ちだと信じているものは、すべてそんなものなのかもしれない。

初芝が、速水と一緒に暮らしていたマンションを出たのは、十二月の半ば、年末進行の締め切りが一段落した頃だった。

速水が数日ほど実家に帰るという話を聞いて、その間に引っ越しを完了させることにしたのだ。

一週間前に初芝と相談をした。初芝はあまり東京に執着していないようだった。

「どうせ、もう、打ち合わせに行くことも、取材を受けるようなこともないから、家賃の高い東京にこだわるつもりはないです。実家に帰るつもりもないけど」

彼女が実家に帰りたくないという理由はなんだろう、と、少し考えたが、あえて、尋ねる気にはならなかった。誰だって、なんらかの事情を抱えている。

「なら、東京を離れた方がいいかも。取材を受けない理由にもなるし」

初芝と簡単に会えなくなることは、少し寂しいと思うが、それよりもこの問題を乗り越える方が大事だ。

初芝はくすりと笑った。

「ロンドンやシンガポールや上海《シャンハイ》に移住とかできたら、素敵なんですけどね。でも英語も中国語も喋れないし」

「ロンドンやシンガポールに住みたい？」

初芝は、少し考え込んだ。

「わからないです。どちらも行ったことないし。雰囲気です、雰囲気」

橋本さなぎが住んでいてほしい場所ということだろうか。初芝の頭の中にいる橋本さなぎは、速水咲子のように美しくて英語か中国語が堪能で、引っ越し先に、ロンドンかシンガポールか上海を選ぶのだ。

まるでお人形遊びか、もしくは小説を書くみたいだ。

「初芝さんは、どこに住みたい？　橋本さなぎじゃなくて」

「わたし？　わたしはどこでも。車を買わなくてもいい場所がいいです」

初芝自身の欲求は、いつも曖昧《あいまい》だ。

ある程度の大きさの都市で、東京に出てこない言い訳ができる程度の遠さ。

「札幌《さっぽろ》は住みやすいと聞いたけど、なにかトラブルがあって、東京に出てこなければならなくなったときに、交通費がかかるかも」

その代わり、東京にこないことの言い訳もしやすい。

初芝は携帯電話を出して、なにかを検索した。

「ＬＣＣならそんなにかからないみたいです。いいですね。札幌。しがらみがあまりなさそう」

「じゃあ、家を探すために一度行ってみる？」

初芝は首を横に振った。

「とりあえず、マンスリーマンションでも契約します。自分の足で探した方がいいと思うから。まだ東京に来て一年経ってないし、荷物はそんなにないです。本くらいかな。本も電書で買えるものは電書で買っているし、どうしても必要なものだけ持っていきます」

家具も家電も持っていかないなら、引っ越し荷物はわずかだろう。宅配便で充分かもしれない。

「荷造り、手伝いに行こうか?」

「そんな、申し訳ないです」

「でも、速水さんが家を出てから、急いで荷物をまとめるんでしょう」

速水が予定を変更して、早く東京に帰ってくる可能性だってある。

少し考えて、初芝は答えた。

「じゃあ、甘えてしまっていいですか?」

「もちろん」

初芝に対する恋愛感情はもう萎《しぼ》んでしまっているが、それとこれとは別だ。この先、彼女が戦うものを思えば、少しでも力になりたい。

速水が出発した日、わたしは午後から彼女たちの部屋を訪ねた。

あらかじめ聞いていた住所にあったのは、オートロック式の真新しいマンションだった。インターフォンを鳴らして、初芝に鍵を開けてもらう。

部屋は、1LDKのひとり暮らし向きの間取りだった。リビングにハンガーラックがあり、そこに華やかな色の服がたくさんかかっていた。たぶん、速水のものだろう。

「こっちです」

初芝はわたしをリビング横の個室に手招きした。

そこには本棚がふたつと机、プリンターとノートパソコンがある。

初芝はクローゼットから出した服を段ボールに詰めていた。

「右側の本棚の本を、段ボールに入れてもらえますか？」

言われたものを詰めながら、わたしは尋ねた。

「もうひとつの本棚の本は？　置いていくの？」

「そっちは咲子のです」

どきり、とした。部屋に入った瞬間、左側の本棚にわたしの本が並んでいることには気が付いていた。初芝の方の本棚には、わたしの本はなかった。もちろん、そんなことで傷つくほど、ナイーブではない。

はじめて会ったときに、速水がわたしの本を読んでいると言ったのは、お世辞ではなかったようだ。

気になっていたことを尋ねてみる。

「この部屋の契約、どうなってるの？　家賃の支払いとか……」

「咲子が契約しています。家賃は、原稿料や印税が入金される口座から引き落としてもらってます」

場所は便利だが、狭い部屋だからそれほど高いわけではないだろう。

初芝は決意するように唇を引き結んだ。

「原稿料振り込みの口座は、もう変更してもらいました。今の口座には来月分までの家賃を残してあります。その先は、彼女が考えるでしょう」

住み続けるか、それとも引っ越すか。どちらにせよ、彼女は新しい仕事を見つけなくてはならない。

それとも、橋本さなぎに執着し続けるのか。

その先のことを思うと、不安がこみ上げてくるが、今は考えないようにする。

初芝の荷物は、段ボール箱五つに収まった。

衣類と本、そしてほんの少しの雑貨。たぶん、もっと少ない荷物で、彼女は東京に来たのだろう。

荷造りが終わると、初芝はキッチンに立って紅茶を淹れてくれた。

「出発は明日？」

そう尋ねると、初芝は首を横に振った。

「今夜の飛行機で発ちます」

少し彼女がうらやましくなった。こんなふうに身軽に旅立つことなど、わたしには考えられない。なんのしがらみもないはずなのに、いつの間にか日常に絡め取られている。

初芝は自分から手を差し出した。

「大変お世話になりました。織部さんがいなかったら、わたし、咲子から離れられなかったかもしれない」

「そんな……わたしはなにもしていないよ」

その手を握りかえしながら、わたしはぎこちなく笑った。最初は下心がないとは言えなかった。だから素直に感謝されるのは、なんだか居心地が悪い。

「また、なにかあったら、相談してね。気軽には会えなくなるけど」

初芝は、きっとわたしと会えなくなったとしても、少しも寂しいと思わないだろう。

知らない町で、たったひとりで、自分の居場所を作るのだろう。

わたしは、初芝より先にひとりで彼女の部屋を出た。羽田まで送りたい気持ちは押し殺した。

まっすぐ帰る気になれず、カフェに入ってホットワインを飲んでいると、携帯電話が鳴った。

見れば、柳沼からだ。相変わらずタイミングがいいなと思いながら、電話に出る。人徳だろうか。

「はい」

「あ、織部さん、元気にしてる?」

「そんなに元気でもないかな。失恋したばかりだし」

「え、そうなの?　じゃあ、飲もうよ。今日、これから新時代舎の坂下くんと飲むんだけど、くる?」

ひさしぶりにその名前を聞いた。

「坂下さん、そこにいるの?」

「まだきてないよ」

「じゃあ、やめとく。仕事抜きで会いたい人じゃないし。また柳沼くんだけか、他の人と飲むとき呼んで」

電話の向こうで、柳沼が低く笑うのがわかった。

「相変わらず、はっきりしてるなあ」

「時間は有限だからね。仕事の打ち合わせだったら仕方ないけど」

「それが、坂下くんに頼まれたんだよ。織部さんに言い訳し損ねて連絡しにくいから、セッティングしてほしいって」

「はあ?」

わたしの連絡先は知っているから、自分でメールでも電話でもしてくればいいのに。そうなると、柳沼が坂下に断らなくてはならなくなる。それは彼が可哀想だ。

「わかった。忙しかったらやめとくけど、今日は空いてるし、行く」

「ありがとう。助かるよ」

柳沼は何度か一緒に食事をした店の名前を告げた。夜七時にそこで落ち合うことにする。

「でも、連絡しにくいって、なんでよ」

たしかSNSで差別発言をして炎上したと聞いたが、そのせいだろうか。柳沼は少し黙った。

「まあ、連絡しにくい理由はぼくにはわかるけど、あえてそれは説明したくないな」

意味深なことを言う。こういうときは、深掘りしない方がいい。

「わかった。じゃあ、夜七時にね」

電話を切って、時計を見る。まだ一時間くらいあるから、ゆっくり行けばいい。わたしは、ウエイターを呼んで、ホットワインのおかわりを頼んだ。

初芝はもう家を出ただろうか。

速水が帰ってくるのは明後日だ。初芝が家を出たことを知った速水は、どんな行動を取るのだろうか。

正直、坂下のことよりも気になることはたくさんある。


冬だというのに、坂下はびっしょりと汗をかいていた。隣の柳沼が、もこもこと分厚いセーターを着込んでいるので、こっちの体感温度も狂いそうだ。

「このたびは、ご連絡が遅くなり、本当に申し訳ありません……」

「いいですよ。別に」

わたしはそっけなく答えた。彼のことなどずっと忘れていた。どうだっていい。

いや、どうでもいいというのは嘘だ。

あの後、カフェで坂下の名前を検索してみた。彼の炎上がまとめられたサイトはすぐに見つかった。こういうのもデジタルタトゥーと言うのだろうか。

読んで、一瞬血の気が引いた。

ある国に対する侮蔑《ぶべつ》表現がほとんどだったが、中には同性愛者を揶揄《やゆ》するようなものもあった。

呼吸を整えて、怒りをやり過ごした。

これでは、わたしに連絡しにくいのも無理はない。坂下に自分のセクシュアリティを直接打ち明けたことはないが、小説ではレズビアンやバイセクシュアルをしょっちゅう出している。信頼できる人には話しているから、人づてに聞くこともあるだろう。

わたしが信頼できると思った人すべてが、本当にその価値がある人ではないし、悪気なく、なんでも話題にする人はいる。そもそも、人のセクシュアリティをばらす、アウティングと呼ばれる行為が、差別の一種であることすら、知らない人は多い。

こういうことへの怒りをコントロールするのには慣れた。

今、坂下に対しても、特に親切にするわけではないが、怒りを顔に出さずに話を聞くくらいのことはできる。

だが、信頼関係は完全に破壊された。

怒りはコントロールできても、壊れた信頼関係は一年や二年では元に戻らない。たぶん、一生。

担当替えを申し出るかどうかは、もう少し考えてから決めるつもりだった。仕事のやりとりをするだけなら、このままでもかまわない。彼が女性を見下していることには気づいていた。

「わたしは、仕事さえきちんとできれば、それで問題ありません」

そう言いながらも、にっこり微笑むつもりはない。相手のミスならば、気持ちを楽にしてあげてもいいが、差別はそうではない。

彼は、掌の汗をハンカチで拭きながら、あわてて言った。

「それが……噂《うわさ》は誤解なんです」

「誤解?」

「あの、わたしのものとされるツイッターのアカウントは、わたしのものじゃありません。わたしもツイッターのアカウントを持っていますが、もっぱら、担当作家のアカウントをチェックするのみで、ほとんど発言していません。なんで、あんなことになったか、まったくわからないんです」

意外なことを言われて、わたしは柳沼の顔を見た。彼は驚いた顔をしていないから、すでにこの弁明を聞いていたのだろう。

「でも、そのツイッターのアカウントの写真と、あなたのフェイスブックの写真が同じだったのはどうしてですか？」

彼はちょっと微妙な顔をした。

「その理由もさっぱり……」

まとめられた告発サイトをすべて信じるわけではないが、差別発言アカウントの方が、先に写真をアップしていたことは、スクリーンショットで証拠が残されている。スクリーンショットの画像が加工されていたのだろうか。しかし、そもそも最初は、ツイッターではなく、坂下のフェイスブックが炎上したはずだ。

その時点では、告発サイトではなく、直接その投稿にアクセスできた。それを見て怒っている人が多いようだった。

柳沼は、自分のレモンサワーを飲み干すと、坂下に言った。

「本当のこと言った方がいいんじゃない」

坂下はウッと声を詰まらせた。また噴き出してきた汗をハンカチで拭う。

「実はですね……、昔のアルバイト先の同僚が、ツイッターの非公開アカウントを持っていて、相互フォローしているのですが、実家の羽振りがいいらしくて、ホテルのバーの写真や、しゃれたレストランの料理など、こっちがうらやましくなるような写真をいつもネットにあげていたんですよね」

話が見えない。柳沼はすでに聞いたような顔で、坂下の話を聞いている。

「一度、ぼくも接待で同じレストランに行ったとき、写真を撮り忘れて帰ってしまい、彼に、自分のフェイスブック用に写真を借りていいか、と聞いたら、いいよと言われました。その写真を自分で撮ったような顔をして、フェイスブックにあげました。一応、全公開はしていたけど、担当作家くらいしかフォローしていないし、ほんの軽い気持ちでした」

一気に話すと彼は、ウーロンハイをごくごくと飲んだ。

「その写真に、『いいね』がたくさんついて、それからときどき、彼の写真を借りるようになったんです」

ようやく彼がなぜ誤解だと言っているのかがわかった。もちろん、すべて素直に信じたわけではない。

「最初は、自分も同じ店に行ったときに借りていただけでした。彼の方が写真がうまいから自分で写真を撮ってあげるよりも反応がいいので……。そのうちに罪悪感が薄れて、行ってないレストランやバーの写真も自分のフェイスブックにあげるようになりました。その元同僚はフェイスブックをやっていなかったし、共通の友達もいなかった。だから、ばれないと思っていたし、ばれても『同じ店に行ったから』と言えばいいと思ってしまいました。店名は彼がツイッターで発信していたし、本当にぼくが店に行ったかどうかなんて、彼にはわからない」

坂下は「借りた」というけれど、一度、そうやって自分の名前で発信してしまった写真を、撮った人間に返すことはできない。

わたしはためいきをついた。弁明にしたって、こちらも差別発言と同じくらい悪い。

「コンテンツで仕事をしている人間のやることじゃないですね」

冷たい言い方になってしまうが、仕方ない。

「おっしゃる通りです……」

彼は静かに頭を下げた。

柳沼が助け船を出すように言った。

「じゃあ、その元同僚が、差別発言アカウントを作ったんですか？」

「それがわからないんです。炎上する前に、彼にはブロックされてしまって……」

その元同僚が別アカウントで、差別発言をしていたのか。それとも、自分の写真を勝手に使われていることに腹を立て、坂下を陥れるために、そんなアカウントを作ったのか。

だが、非公開アカウントを持っているのに、わざわざ公開アカウントで差別発言をするというのもしっくりこないから、後者のような気がする。だとしても、坂下が写真を無断使用しなければ、そんな罠《わな》に引っかかってしまうこともなかった。

この場合、陥れられたとしても自業自得という感じもする。

「本当に、あのアカウントはわたしのものじゃないんです。それだけはわかっていただきたい」

彼はもう一度、深々と頭を下げた。自分がどう答えるべきなのか、わたしにはわからなかった。


坂下が帰ってしまった後、ようやく料理に手をつける気になった。

すっかり冷めたリブロースステーキと、フライドポテトを食べていると、柳沼が少しにやけた顔で言った。

「織部さんは信じた？」

わたしは眉間に皺を寄せた。嫌な問いだ。

「柳沼くんは信じたの？」

「俺はまあ……五分五分ってとこかな。いや……本当である可能性が六分かな？」

「微妙」

坂下が言っていることが正しい証拠もなく、かといって、彼が差別発言をした証拠もない。どちらかなんて断言できない。わたしは神様ではないし、推理小説の探偵役でもない。

だが、炎上にのった人は、疑いもなく、彼が差別発言をしたと信じたのだろう。事実、わたしもその話を最初に聞いたときは、坂下ならやってもおかしくないと感じたのだ。今日の坂下の話が本当なら、そのことが少し怖くなる。かすかな誘導で、わたしは真実でないことも簡単に信じてしまう。

本当は棚上げしてしまうのがいちばんいい。

なにが本当なのかわかるわけはない。どちらの可能性もあると考えて、その判断を先延ばしにする。

でも、完全に棚上げすることなどできるのだろうか。

このまま判断を先延ばしにして、時間が経ったら、彼への嫌な印象だけが残る可能性もある。もともと好感を持っていなかった相手だけに、画像盗用だけではなく、差別発言もやらかしたように思い込んでしまうかもしれない。

わたしに見えているものなどほんの一部でしかないのだけど、怖いのは、そのこと自体ではない。

ほんの一部にしかすぎないのに、なにもかもわかっているような気持ちになってしまうことだ。

タクシーでの帰り道、携帯電話をチェックすると初芝からメールが入っていた。

無事に札幌に到着して、今日はビジネスホテルにチェックインしたという。明日から家具付きのマンスリーマンションに移って、部屋探しをはじめるという。

幸運を祈るという返信を送りながら、わたしは考える。

わたしの日常はほとんどなにも変わらないのに、彼女の明日は、今日とまったく違うのだ。


なんの予定もないクリスマスを過ごし、実家にも帰らないまま、年が明けた。

正月は、特に親戚がやってくるし、下手に顔を出して、結婚がどうとか、いい人がいないのかなどと聞かれるのは、面倒だ。

幸い、いつ忙しいか、暇なのかなんて、この業界にいる人以外にわかるはずもないから、いつも忙しいと言って、ごまかしている。

どうしても帰らなければならない理由があるときは、普段の休日に訪れて、泊まらずにその日のうちに帰る。

泊まるほどではない近さだから、かえって短い滞在で済む。両親とも一緒に過ごせるのは数時間ほどで、丸一日一緒にいれば息が詰まってしまう。

初芝が家を出て、もう三週間以上経つ。速水もさすがに、初芝が出て行ったことに気づいているだろう。

なんらかの動きがないか、気にかけているが、橋本さなぎの名前さえ、聞くことはない。

速水は、初芝がどこに行ったか探しているのか。もしくは次の出方を考えているのだろうか。

気にはなるが、わたしの方から彼女に接触することはできない。

そんな一月初め。ひどく寒い雨の夜だった。

夜九時を過ぎたとき、インターフォンが鳴った。こんな時間にいったい誰だろう、と思った。

宅配便にしては遅いし、いきなり家を訪ねてくるような友達もいない。戸惑いながら、インターフォンのカメラでマンションのエントランスを映す。

息が止まるかと思った。

そこに立っていたのは、橋本さなぎ――速水咲子だった。海外旅行に行くようなスーツケースを脇に置いて、インターフォンの前に立っていた。

わたしは呼吸を整えた。

「あの……なにか……」

いかにも迷惑そうな声で、呼びかけた。速水は笑顔になった。

「橋本です。急にごめんなさい。どうしてもご相談したいことがあって」

好奇心がむくむくとこみ上げる。部屋に上げて、話を聞いたら、彼女はわたしになんと言うのだろう。

「秘書がいなくなった」と言うのか、それとも別のことにかこつけて、わたしから情報を聞き出そうとするのか。

その気持ちを押し殺して、インターフォンに向かって答える。

「ごめんなさい。今日は仕事が忙しくて。また日をあらためて、別のところで会いましょう」

速水はそう言われても落ち込んだ様子は見せなかった。

「じゃあ、五分だけ。部屋まで行きません。織部さんが、エントランスまで降りてきてくださったら、少し話して帰ります」

わたしは考え込んだ。

五分、しかも、マンションのエントランスで。

それならば、人の目もあるし、彼女もそんなに無茶なことはしないだろう。

わたしは少し考えてから答えた。

「わかりました。じゃあ降りていきます」


エレベーターでエントランスに降りると、彼女はスーツケースにもたれかかるように立っていた。以前会ったときよりも、また太った気がする。

美しい顔立ちからキツい印象が消え、菩薩《ぼさつ》像のような印象さえ受ける。痩せているときよりも魅力的かもしれない。

オートロックの扉の内側には、ソファとテーブルがある。昼間は、マンションの住人が談笑したり、休憩したりしている空間だが、夜は誰もいない。

わたしはドアを開けて、彼女に手招きをした。

速水はスーツケースを引きずって、中に入ってきた。

「夜遅くごめんなさい。どうしてもお願いしたいことがあって……」

相談からお願いに変わった。こうやって少しずつ、ことばの意味をずらしていき、自分の意思を押し通す。そんな人間にはときどき会う。

わたしは警戒心を強めた。それに気づいたのか速水はにっこりと笑って言った。

「今日、マンションを引き払ってきました」

「え？」

「祐もいないし、ひとりで住むにはちょっと家賃が高すぎるんですよ。とはいえ、もう関西には帰りたくないし、どこか関東近郊の家賃が安いところに部屋を借りようと思って……」

なぜ、わたしにそんな話をするのだろう。わたしはお茶を濁《にご》すように笑った。

「それでしばらくはネットカフェやカプセルホテルを拠点に部屋を探すつもりなんですけど、困ってるのが、この荷物なんですよね。家にあったものは、ほとんどリサイクル業者に売り払ったんですけど、どうしても手放したくないものもあるし、いちいち持ち歩くわけにもいかないし……」

彼女はスーツケースを片手で軽く叩いた。

「織部さん、しばらく預かってもらえませんか？」

予想していたのと、まったく違う頼みだった。初芝の行方を尋ねられるのではないかと身構えていたのに。

わたしは気を取り直して、尋ねた。

「えーと……初芝さん、家を出たんですか？」

速水はかすかに笑みを浮かべた。知ってるくせに、と言われたような気がした。

「ええ、わたしが実家に帰って、戻ってきたらもういませんでした。彼女の分の荷物もなかった。でも、それはいいんです。いつかこうなることはわかってたから」

「はあ……」

速水は微笑みながら、壁にもたれた。

「わたしは、自分の身を守りたいだけなんです。だから、祐がどこに行ったか探すつもりもないし、それについて織部さんを問い詰めるつもりもないんです」

「わたし……？」

問い返すと、速水の顔から一瞬笑いが消えた。

「しらばっくれなくてもいいですよ。うちのインターフォンのカメラに、織部さんの姿がちゃんと映ってました」

わたしは息を呑んだ。あんな真新しいマンションなのだから、インターフォンにカメラがついていても不思議はない。自分の間抜けさに呆《あき》れてしまう。ミステリ小説を書くこともあるのに、そんなことにも気づかなかったのか。

わたしは気持ちを落ち着けるために息を吐いた。

「引っ越しを手伝っただけ。彼女がどこに住んでいるのかは知らない」

これは嘘ではない。札幌と言ったが、初芝が本当に札幌に越したかどうかもわからないし、住所も知らない。携帯電話の番号は知っているが、しばらくこちらからも連絡していないから、番号を変えたかもしれない。そもそもわたしが知っている番号は、速水も知っているだろう。

「うん、それはどうでもいいの。祐を探すつもりもないし。織部さんには荷物を預かってほしいだけ。少しだけだとしても、わたしから祐を逃がす手伝いをしたんでしょう。それでわたしが困っているんだから、わたしのことも手伝っていただけませんか？」

少し迷わなかったと言えば嘘になる。だが、荷物を預かるくらいならば、たいしたことではない。

わたしは頷いた。

「わかりました。じゃあ、この荷物を預かればいいの？　貴重品とかは入ってないですよね」

　速水の顔がぱっと明るくなった。

「もちろんです。開けてみましょうか」

スーツケースのダイヤル錠を開け、中身を見せる。暗証番号は初期設定のままなのか000だった。

たしかに洋服と靴に、本が五、六冊だけだった。怪しいものが入っている様子もない。

彼女はスーツケースを閉じて、また鍵をかけた。

「じゃあ、よろしくお願いします」

彼女はダウンコートのファスナーを閉めて、マンションのエントランスから出て行った。傘を差し、冷たい雨の中を遠ざかって行く。

彼女に対して、ひどいことをしてしまったような気持ちになる。

　このときのわたしは気づいていなかった。このスーツケースが、彼女がドアにねじ込んできた足先のようなものだと。

＊

十代の頃は、タイツなど穿かなくても寒いなんて思ったことはなかった。高校指定のコートが気に入らなかったから、分厚いカーディガンのみで通学していたが、風邪などほとんど引かなかった。

二十代になって、急に寒さに弱くなり、ボアの中敷きのブーツや保温下着など防寒グッズが欠かせなくなったはずなのに、一月に入ってからのわたしは、やけに薄着をするようになった。

ブーツではなく、ストッキングで先の尖《とが》ったパンプスを履く。マフラーは巻かずに保温下着も引き出しの奥にしまい込んだ。コートの下は、薄手のシャツとデニムで出かけた。時にはコートさえ着ずに、大きなストールだけを身体に巻いた。家でも裸足《はだし》で過ごした。ある種の自傷だったのかもしれない。だが、都会の屋内はどこも空調で暖められている。家から駅まで歩く間や、電車のホームで立つ間、少し寒さに震えたって、身体の芯《しん》まで冷え切ることはない。

気密性の高いマンションは、暖房をつけなくても、寒々しく冷え切ることはないし、本当に寒いと感じると、分厚い毛布を引き寄せたり、ガウンに袖を通したりする。

つまりは、これも命綱つきの自傷である。ただ、身を切るような冬の空気が、心地よく感じる間だけのことだ。

それでもわたしの足の指はしもやけで赤く腫れ、じんじんと痛がゆく疼《うず》いた。

速水がスーツケースを預けていった数日後、初芝から一枚の絵はがきが届いた。

さっぽろ雪まつりの雪像がライトアップされた、美しい写真だった。それを郵便受けに見つけたとき、少しおかしくなった。

まるで、なんらかのアリバイ工作みたいだ。

織部様

先日は大変お世話になりました。札幌は寒くて、雪ばかりです。最初の雪の日に三回転びましたけれど、うまく歩く方法をようやく身につけました。この街には、わたしを知っている人も、わたしが知っている人もひとりもいなくて、それが心地いいです。

実家にも東京にもあまりいい思い出がないから、この街くらいは好きになりたいです。

誰とも知り合わないままだったら、この街を好きでいられるかしら。

もし、札幌にいらっしゃることがありましたら、ご一報ください。寿司は回転寿司でも本当に美味しいですし、ラーメンもよいお店をたくさん見つけました。

織部さんはラーメンなど召し上がらないでしょうか。

東京の冬は冷え込むので、お風邪など引かれませんように。

祐

当たり障りのない手紙なのに、わたしは少しだけ傷つく。

一緒に食事をしたり、演奏会を聴きにいったことも、彼女にとってはよい思い出ではないのだろうか。

もちろん、こんなふうに絵はがきをくれるわけだから、わたしのことが嫌いなわけではないだろう。

でも、ふたりで笑い合ったりした時間が、彼女にとって大した価値がないものだと目の前につきつけられた気がした。

もう、彼女とどうにかなりたいと思っているわけではないのに、片思いのやるせなさだけがいつまでも心に停滞している。

それでも、彼女が新しい街で上手くやれていることにはほっとした。

速水が置いて行ったスーツケースは、玄関の手前の廊下にずっと置いてある。邪魔にはなるが、リビングや仕事部屋に運び込む気持ちにはなれない。

わたしには、そのスーツケースが、時限爆弾かなにかのように思えるのだ。

妄想だということはわかっている。中身は預かる前に見せてもらったし、タイマーの音だって聞こえない。

それでも、そこにはたしかに速水の意思が存在しているはずだ。

荷物を預けるだけなら、トランクルームという手だってある。わたしなら、大して知らない人に大事なものなど預けない。どんな扱いをされるか、わかったものではない。

暗証番号は覚えてしまったが、開けたいとは思わない。

スーツケースの横を通るたびに、薄気味悪さを感じながらも、彼女に取りにきてほしいと連絡する勇気もない。

スーツケースは、ときどき速水自身のようにも見えた。

天気予報はその年いちばんの冷え込みと、大雪を告げていた。

もともと、外出する予定もなかったわたしは、食料を買い込んで、部屋に籠城《ろうじょう》を決め込むことにした。

大雪では、近所のレストランからデリバリーを頼むこともできないだろう。

さすがに都内のマンションで、停電が起こる確率は低いだろうし、出勤のない身には電車の運休など大した問題ではない。

大きな被害さえ起こらず、ただ、一日か、二日か室内に閉じこもるだけならば、むしろわくわくする。

ひとり暮らしでは、自炊も結局割高になってしまうから、あまり料理はしないが、こういうときは、家でゆっくり料理をしたり、積《つ》ん読《どく》本を読んだりして、過ごすのもいいかもしれない。

近くのスーパーに向かい、野菜や肉、ビールや調味料などを買い込むと、近所の美味しい店で外食できるくらいの値段になってしまった。

帰って、あまりものの入っていない冷蔵庫にそれを入れ、ソファでひと息つく。

携帯電話を見ると、メッセージがひとつ入っていた。

「必要なものがあるので、荷物を取りに伺ってもいいですか?」

速水からのものだ。それを読んでほっとする。

玄関に置いてある速水のスーツケースは、心にのしかかる重しのようになっていた。それを持って行ってくれるなら助かる。

「今日と明日は家にいるから、いつでもどうぞ」

そう返事をした後、少し考えてから付け加える。

「明日朝から、雪がひどくなるらしいから、今日の方がいいかも」

それに対する返事はない。忙しくしているのかもしれない。

西の空が暗くなってきたのがわかる。まだ午後三時だというのに、もう夕方のようだ。

夜遅くから雪が降りはじめ、明日朝には大雪になると、天気予報では言っていた。

どちらにせよ、今夜のうちなら交通機関が止まるようなことはないだろう。

急に抗《あらが》いがたい眠気が押し寄せてくる。今朝は珍しく早起きをしてしまった。わたしは毛布を引き寄せて、少し眠りにつくことにした。


携帯電話の音で、目が覚めた。

外はすっかり暗くなっている。あわてて、電話に出る。

「はい」

「織部さん？　わたしです。橋本……って言うのも変ですけど、橋本です」

わたしは声に出して言ってみた。

「速水さん？」

彼女はくすりと笑った。

「なんだ、御存じだったんですね。どう名乗ろうか、悩んで損した」

かすかな笑い声にさえ、妙な色気がある。わたしは頭痛を感じてこめかみを押さえた。

時計に目をやると、午後七時を過ぎている。ぐっすり寝入ってしまったらしい。

「織部さん、夕食、取られました？」

「まだ……」

「いま駅にいるので、じゃあ、ちょっとなにか買っていきましょうか？」

「おかまいなく……」

「わたしもまだ夕食食べてないですし、荷物を預かってくださったお礼代わりですから、お気になさらずに」

そう言って、電話は切れた。戸惑いながら、わたしは携帯電話を凝視した。なにか買ってくるということは、うちに上がり込む気だろうか。

数日前に片付けたばかりだから、さほど散らかっているわけではないが、それでも彼女を家に入れたいと積極的に思うわけではない。

荷物を持って、さっさと帰ってくれるものだと思っていた。

困惑しつつも、わたしはソファの背にかけた服や、テーブルの上の本を片付けた。三十分ほどしてインターフォンが鳴った。

カメラを確認すると、速水がオートロックの前に立っているのが見える。両手に紙袋を抱えている。

やはりなにかを買ってきたのだろう。さきほど、急に言われたこともあり、はっきり拒絶できなかったことを後悔するが、買ってきてくれたのに、追い返すのも気が引ける。

「どうぞ」

わたしはエントランスのオートロックを解除した。

まだ八時前だ。食事をして帰っても、そう遅くはならないだろう。

「こんばんは。お邪魔します」

玄関のドアを開けたとき、ぷん、といい匂いがした。速水は紙袋を持ち上げて、わたしに見せた。

「ピザ？」

小麦の香りの中に、チーズの匂いも感じる。

「当たりです。ここのマルゲリータ、すごく美味しいんですよ。本場顔負けだっていう話です」

急にお腹が減ってくる。速水は、もうひとつの紙袋も開けた。

「とりあえず、これ、冷凍庫で冷やしてください」

見れば瓶に入ったビールだ。あまり見たことのないデザインだが、いかにも美味しそうだ。

「関西の方のクラフトビールなんです。ようやくこっちで売っているところを見つけたから」

たしかに冷凍庫ならすぐに冷える。わたしは彼女をリビングに案内し、言われるままにビールを冷凍庫に入れた。ビールのグラスも冷蔵庫に入れて冷やす。

「ダイニングテーブルに広げていいですか?」

そう言いながら、速水はもうピザの箱を置いている。それだけではなく、サラダの入った容器も紙袋から出している。

お皿を出そうとすると、速水はもうひとつの紙袋から紙皿を出してみせた。

「お皿もありますんで、お気遣いなく」

あまりの準備の良さに、わたしは苦笑した。

サラダもビーツやひよこ豆が入っていて、手の込んだものだということがわかった。もう一品、チキンとズッキーニやパプリカのオーブン焼きがテーブルに置かれた。

「美味しそう……」

並んだ料理のせいか、速水を迎え入れるのに消極的だった自分がどこかに消えてしまったようだ。

「どれも美味しいですよー。さ、温かいうちに食べましょう」

わたしは言われるままに、椅子に腰を下ろした。

ピザは焼きたてのようだった。生地が香ばしくて、味が濃い。たぶんモッツァレラも水牛の乳を使った本格的なものだ。

チキンもクミンが利《き》いていて、とても美味しい。野菜もとてもジューシーだ。

しばらくして、冷凍庫のビールを取り出すと、ちょうどいい具合に冷えている。二本だけ出して、残りは冷蔵庫に移した。

栓を開け、グラスに注ぐ。赤ワインを思わせるような深いボルドー色だった。一口飲むと、普段飲んでいるビールとはまったく違うコクがある。

クラフトビールは何度か飲んだことがあるが、それとくらべてもかなり美味しい。

料理があらかたなくなった頃、速水はビールをグラスに注ぎながら、わたしを見た。

「祐から、どこまで聞きました？」

「どこまでって……、小説を書いているのは祐さんで、あなたは橋本さなぎを演じているだけだって……」

たしか初芝は、速水が橋本さなぎのアバターだと言った。だが、実際、本人を目の前にして、その単語を使う気にはなれなかった。

速水はまた笑った。

「アバター、アイコン、そんな感じですよね。正解です。で、祐は自分が橋本さなぎだって、みんなに言う覚悟はできたんですか？」

「わからない。そんな話はしなかったから」

初芝は、もう速水とは一緒にやれないと言った。この先は覆面作家で居続けるのか、いつか真実を告白するのかは、わたしには関係ない。

「祐がなんて言ったのかは知らないけど、別にわたし、橋本さなぎでいたいわけではないんです。彼女が自分で、『橋本さなぎ』をやれるなら、それでいい。でも、やれないから、わたしと一緒にはじめた。ただ、それだけのことでしょう。嫌になったなら、いつでもユニットは解消してもよかった。だって、橋本さなぎにとって、必要なのは祐であって、わたしではない」

速水の口から流れるようにに出たことばに、わたしは驚いた。

わたしは、どこかで速水が初芝をコントロールしているように思っていた。もちろん、今、ここで彼女が話していることばが、本心かどうかはわからない。

だが、少なくとも、速水は初芝に怒りを感じていないように見えた。怒りがあったとしても、完璧に制御している。

完璧に制御された時点で、怒りはどこか客体化されてしまう。彼女がうまい役者ならば別だが、そんなふうにも見えない。

速水は、顎に手を当てて、わたしをじっと見つめた。相変わらずきれいな顔をしている、と思わずにはいられない。

「ねえ、織部さん。わたしと祐の契約がどうだったか、彼女に聞きました？」

「そんな話は……」

「橋本さなぎの全収入から、家賃とふたりの生活費、執筆にかかる経費、そしてわたしが橋本さなぎとして振る舞う経費、たとえば美容院代とか服とかです——それを抜いて、残りは七、三に分けました。正直、おこづかい程度でしたよ。織部さんには、作家の収入がだいたいわかるでしょうけど」

完全に、ではないが、たしかに橋本さなぎがどのくらい稼いでいるかは、イメージできる。何十万部と売れている作家ではない。

「わたし、それに文句を言ったことないんです。だって、実際に書いているのは祐だから、彼女が七割取るのは当然だと思ってました。これは、祐に聞いてくれていいですよ。わたしがそれに文句を言わなかったということも」

そういえば、そういう話を初芝としたことはなかった。

「あ、美容院代と服などもそんなにお金を使ってたわけじゃないですよ。化粧品なんかは自分のお金で買っていたし、美容院もパーティやインタビューの前だけ。服も、だいたい、わたしが水商売やってたときのものを流用してたし……それに家事はほとんどわたしがやってたんですよ。正直、少し損だなと思ってたくらい」

そう付け加えてから、速水ははっきりと言った。

「わたしが、祐を搾取してたとか、コントロールしてた、みたいに考えるのはやめてほしいんです。わたしたちは話し合いの結果、ちゃんとフェアにやっていた。彼女の方こそ、少し体重が増えたくらいで、うるさく言ってきたり、図々しかった。わたしは、橋本さなぎのアイコンでいることは承知したけれど、そのために、若さや美しさを保つこと、なんて約束はしなかった。だって、わかるでしょう」

速水は顔の位置を下げて、わたしを斜め下から見上げた。

そして言う。

「そんなの不可能だもの」

そう。どうやっても、人は年を取る。数年で若さを消費して引退する仕事ならともかく、小説家でいる間ずっと、若く美しくいることなどできない。

ふいに、速水が立ち上がった。

「あっ、じゃがいもがある！」

昼間買ってきたじゃがいもと玉葱《たまねぎ》がキッチンカウンターの上に放置してあったのを見つけたらしい。

「これ、なにか料理にすぐ使います？　ふたつほどもらって、これでおつまみ作っちゃっていいですか？」

料理が美味しかったせいか、もう少し飲みたい。わたしは頷いた。

速水は、キッチンの引き出しを開けて、スライサーを探し出した。じゃがいもをよく洗った後、スライサーで薄く切る。

少し興味が出て、わたしはキッチンをのぞき込んだ。

「なに作るの？」

「ポテトチップス。揚げたては、すごくおいしいですよう」

スライスしたじゃがいもを水にさらし、フライパンにサラダ油をたっぷりと入れる。キッチンペーパーで、じゃがいもの水分を拭うと、コンロに火をつける。油の温度を確かめて、彼女はじゃがいもを揚げはじめた。

「すごく美味しそう……」

速水は悪戯《いたずら》っぽく笑った。

「ヤバいですよ。ビールが進みますよ」

ぱりっと揚がったポテトチップスを、キッチンペーパーの上に載せて油を切る。

「塩かけて、召し上がれ。熱いからお箸で」

言われた通り、箸でポテトチップスをつまみ、軽く囓る。

「本当、ヤバい……」

決してカロリーが低いわけではないおつまみなのに、無限に食べてしまいそうだ。市販のポテトチップスとは別物だ。

残りのポテトチップスが揚がると、速水はそれをダイニングテーブルに持ってきて、もう一本のビールを開けた。

不思議だった。今日の彼女は、これまで会った印象とも、初芝から聞く話ともまるで違った。普通に友達になれそうだと思ったのは、今日がはじめてだ。

「わたし、速水さんは、食べることにそんなに興味がないんだと思ってた……」

一緒に食事に行ったときも、彼女はワインばかり飲んでいた。

速水はビールを一口飲んでから笑った。

「そう……ですね。美味しいものが嫌いなわけじゃないけど、お酒の方が好きなのと、どっちかというと子供舌だから。変わったものよりも、子供っぽいものの方が好きなんです」

ピザ、チキンのグリル、そしてポテトチップス。たしかに彼女の好みは、ハイカロリーで、わかりやすい味ばかりだ。

「そういう大好きなものを美味しく食べ続けると、まあ当たり前ですけど太りますよね。だから、普段は美味しくないものをぼそぼそ食べることが平気だというだけです。お酒さえあれば」

速水の言うことも少しわかる。

「祐は、おいしいものだと喜んで食べるんですけど、わたしが普段作る、茹《ゆ》でた鶏肉《とり》やブロッコリーとかそういうものは、あまり好きじゃなかったみたい。自分でチーズ載せて焼いたり炒《いた》めたりして、アレンジして食べてました。まあ、そうした方が美味しいのはわたしだってわからないわけじゃないんですけど、そんなことに手をかけるくらいなら、茹でただけで食べればいいかなって思っちゃう」

薄いポテトチップスはすぐに冷めていく。揚げたてよりも歯ごたえがよくて、つい手が伸びてしまう。

じゃがいも二個分なんて、ふたりがかりではあっという間だ。

「おいしかった……」

ためいきのようにつぶやくと、速水は笑う。

「褒められるのうれしい。もう少し揚げましょうか。油がまだフライパンに残ってるし、もったいない」

速水に手間をかけさせるのは申し訳ないと思うが、自分では手作りのポテトチップスなど絶対作らない。食べる機会は今後ないだろう。

わたしの表情を見て、速水は立ち上がった。じゃがいもをまたふたつ取って洗いはじめる。

「キッチン汚してごめんなさいね。あとで掃除します」

「いいです。そんな……わたしこそ作ってもらっちゃって」

「いえいえ、わたし、今、共同の寮にいるから、料理なんてできないし、ひさしぶりに自分の作ったもの食べられてうれしかったです」

る。


「寮？」

尋ねると、速水は顔を上げた。

「川崎《かわさき》のクラブで働いているんです」

「速水さんだったら、銀座《ぎんざ》でも働けそうなのに……」

きれいなだけでなく、頭の回転も速い。話もおもしろいし、気配りだって行き届いてい
る。

速水はじゃがいもをスライサーでカットしながら答えた。

「作家や編集者が多くきそうなところは、避けようと思って」

そう言われて、はっとした。

「ごめんなさい。無神経なことを言ってしまって」

「いいんです。褒めてくれたんでしょ。それにわたしだって、自分なら売れっ子とまでは
いかなくても、銀座で働けるんじゃないかと思ってます」

少し不思議に思った。橋本さなぎのアバターとして稼ぐより、そういう仕事の方がずっ
と高給を得られるのではないだろうか。

だがことばに出して、それを尋ねるのは、あまりに失礼だ。

速水はふっと乾いた笑いを漏らした。

「向いてるんですけどね、水商売」

それに対して、同意していいものかどうかわからない。その職業にはスティグマがある。

彼女の能力が高いという意味で言ったとしても、向いてるから、もうやりたくなかったんです」

「向いてるから、もうやりたくなかったんです」

速水は水にさらしたじゃがいものスライスを、優雅な手つきで、笊《ざる》に上げた。

「でもまあ、仕方ないです。わたし、高校中退だし。手っ取り早く採用してもらえるのは、この手の業種になりますよね。経験もあるし」

向いているけど、もうやりたくないというならわかる。不快なこと、心が削《そ》がれることは多いはずだ。だが、彼女は、向いているからもうやりたくないと言った。

じゃがいもを揚げはじめながら、速水は話題を変えた。

「織部さん、祐とカラオケ行ったことあります？」

「えっ……？　ないですけど……どうして」

カラオケに一緒に行こうなんて話すら出なかった。

「彼女、すごく歌がうまいんですよ。きれいな声なの。ぜひ、機会があったら聞かせてもらうべきです」

わたしは気持ちの警戒レベルを上げた。

「さあ……、もう会うかどうかもわからないですし、彼女が今どこにいるかも知らないから」

「でも、彼女は橋本さなぎとしてやっていくんでしょ。同業者じゃないですか。わたしはもう関係ないけど」

それでも彼女はもうパーティなどに顔を出すことはないだろう。

「祐は、中学の時合唱部だったんですって、部の中で一年のときからダントツにうまくて。まあ、運動部で言えば、エースみたいな扱いだったらしいですよ」

どういう話になるのかわからず、わたしは作り笑いをしながら、ただ聞いていた。

「その合唱部が、全国コンクールの決勝に進むことになって、しかも祐は二年生なのに、三年生を差し置いて、ソロをもらったんです。で、その決勝の様子が、日曜の昼間、テレビで放映されたんです」

じゃがいもを揚げる音が静かな部屋に響く。顔を上げた速水は、あ、と小さな声を出した。

「雪だ」

振り返ると、窓の外には白い雪が降りはじめていた。すぐに降り注ぐ、と言いたくなるほどの量に変わる。

時刻はまだ午後十時を過ぎたばかりなのに、帰れと言うのが少し難しくなった。この雪では、川崎まで帰る間に、電車が止まってしまうかもしれない。

「はい、できました」

また皿の上にポテトチップスが山盛りになっている。

今度は全部食べるのは難しいかもしれない。そう思いながらも、食べはじめると、あっという間に皿が空になってしまいそうな気もする。

速水は、ビールをもう一本冷蔵庫から出し、ポテトチップスの皿と一緒にテーブルに運ぶ。

心がざわざわした。「帰ったら？　電車止まるかもよ？」そう言うなら早いほうがいい。だが、この状況でそう言うのは、あまりにも冷たい。

一本のビールを、ふたつのグラスに分け、わたしたちはポテトチップスをつまんで、飲みはじめた。

わたしはさきほどの話の続きを催促した。

「それで？　合唱コンクールは？」

「準優勝？　だったかな。でも、彼女が気分よく歌っているときの映像が、動画サイトにあげられたそうです」

わたしははっとした。それがどんな結果になるか、簡単に想像がつく。

なにも起こらないはずはない。わたしたちが生きているのはそういう社会だ。

「容姿を揶揄《やゆ》するようなコメントがたくさん寄せられたそうです。まだ中学生だったのに。それだけじゃない。クラスメイトたちが、それを教室でみんなで回し見て笑った。教師はそれを叱《しか》らなかったどころか、祐をからかうようなことまで言ったそうです」

喉が詰まる。胸に鉛《なまり》を詰められたようだ。

「ねえ、織部さん。祐が、人前に出たくない、もうそんな目に遭いたくないって思ったことを、責められます？　秀《ひい》でた能力が何かあり、チャンスを与えられたなら、そういう目に遭うことも耐えるべきだと思います？」

答えられない。そんなことを言う人たちが悪いのだと言うのは簡単だ。

まるで交通事故だ。ルールを守っている歩行者が正しく、無法な運転をする車が間違っているとしても、車にはねられて大怪我をするのは歩行者だ。

わたしたちは、そんな社会に生きている。

午後十一時を過ぎた。ネットをチェックすると、ＪＲの一部が運転を休止したというニュースが流れてきた。

驚きはしなかった。雪が降り出したとき、「帰ったら？」と言えなかったのだ。たぶん、彼女が泊まることになるだろうという予感はあった。

ここから川崎までタクシーで帰らせることはできない。

「泊まっていったら？」と言ったとき、半分は断られることを予想した。

ネットカフェなら近くにもある。速水がうちに泊まりたくないなら、ネットカフェかレディースサウナかどこかで夜を明かすだろう。

だが、速水はほっとしたように頷いた。

「ありがとうございます。助かります」

以前、初芝のためにしたように、リビングのソファベッドをベッドの形にして、シーツを敷く。

「お風呂入る？　お湯張ろうか？」

そう尋ねると、速水の目が輝いた。

「わあ、助かります。寮はシャワーしかないから……湯船に浸《つ》かるのがひさしぶりで」

わたしは湯船にお湯を張り、先に速水にお風呂を勧めた。

「いいんですか？　わたしは後でもかまいません」

「いいの。その間にベッドメイクしておくから」

まだ羽毛布団にカバーを掛けて、毛布を出さなければならない。今日は一段と冷える。

速水がバスルームに消えた後、急に喉の渇きを覚えてキッチンに行き、冷蔵庫を開けた。ポテトチップスを食べすぎたかもしれない。

水をグラスに注ぎ、冷蔵庫の扉を閉めたとき、息が止まるかと思った。

冷蔵庫のドアに、わたしは初芝からきた絵はがきをマグネットで貼っていた。写真が美しくて、眺めていたいと思ったからだ。

絵はがきは写真の面だけを向けられているから、たとえ速水が見ても、裏返さない限り、初芝のものだとは気づかないはずだ。

わたしは呼吸を整えた。大丈夫。大丈夫。速水には気づかれていない。

そっとその絵はがきを冷蔵庫のドアから外し、マグネットだけを残した。

大丈夫。速水はそんなことを気にしてはいない。

少しずつ乱れた呼吸が治まってくる。

バスルームからは、彼女のシャワーの音が聞こえてきた。どこかその音が弾んでいるように思えたのは、気のせいだろうか。

＊

その夜はなかなか寝付けなかった。

いつもより早くベッドに入ってしまったせいで、目が冴《さ》えたまままいろんな考え事をしてしまったせいもある。一度、眠気をつかまえ損ねると、ベッドの上で脳が過剰に動き出すのは、いつものことだ。

だから、普段は眠くなるまで、ベッドには入らないようにしている。

だが、速水がリビングで眠ってしまったから、ごそごそと起き出して、仕事をしたり、映画を観たりする気にもなれない。

読みかけの本は、リビングのテーブルの上に置きっ放しにしてしまった。

何度も寝返りを打って、ためいきをつく。

部屋に、恋人ではない他人の気配があるせいで、落ち着かないのかもしれない。

初芝を泊めたときは、こんなざらついた気持ちにはならなかった。たぶん、わたしは速水のことをまだ信用していない。

彼女がなんのために、荷物を預けたのか、そしてこんな雪の日にわざわざそれを取りにきたのか。なんらかの企みがないとは言い切れない。

初芝からきた絵はがきは、寝室のクローゼットの中に隠した。それ以外で初芝の行き先がわかるものはない。

たとえ、絵はがきの裏面を見られていたとしても、住所は書いていない。初芝が北海道にいるということがわかるだけだ。

初芝にとっては、それすら知られたくないことかもしれない。そう思うから、迂闊《うかつ》に絵はがきを冷蔵庫に貼ったことが悔やまれる。

だが、やってしまったことは仕方ない。なにも起こらないようにとひたすら願うだけだ。

窓の外では、雪が降り続いていた。

目が覚めた頃には、すでに昼の十二時を回っていた。

たしか、ようやく眠りについたのは六時を過ぎ、空がうっすら白みはじめた頃だった。

カーテンを開けると、まだ雪は降り続いている。この調子だと、すっかり積もっているのではないだろうか。

ベランダに出ようとして、リビングから物音がすることに気づいた。ようやく、速水が泊まっていたことを思い出す。

寝室から出ると、震え上がるほど寒い。暖房をつけて寝たはずなのに、部屋はすっかり冷え切っている。

「速水さん？」

彼女の姿を探す。ベランダに通じる掃き出し窓が開いていることに気づいて、わたしは息を呑んだ。

ベランダから身を投げる彼女の姿が頭に浮かんだ。真っ白な雪の中に広がる鮮血も。

引き戸を大きく開いて、ベランダに出た。

「速水さん！」

彼女は、ベランダの端に立っていた。コートを着て、下をのぞき込んでいる。

わたしに気づいてきょとんとした顔になる。

「わあ、織部さん、パジャマだけじゃ寒いですよ」

彼女ののんきな顔を見て、全身から力が抜けるような気がした。

「びっくりした……」

「どうかしたんですか？」

尋ねられたところで、想像したことを話せるはずもない。

わたしはぎこちなく笑った。

「なんでもないです」

急に寒さが押し寄せてくる。厚手のものとはいえ、パジャマ一枚で外に出てしまったのだから当然だ。

わたしは急いで、寝室に戻り、ガウンを羽織った。なぜ、彼女が窓を開けっ放しにしているのかわからない。

速水も室内に戻ってくる。

「寒かったですよね。すみません。ちょっと雪を見たくて」

「別にいいけど……」

わたしはエアコンの温度を上げた。

ソファベッドはきちんとソファの形に戻されて、羽毛布団もちゃんと畳まれている。

テレビをつけると、関東圏の大雪のニュースが放送されていた。

「夕方にかけて、降りやむそうですよ」

だが、そこから交通が回復するまでにまた時間がかかるだろう。今夜、彼女が帰れるかどうかは、まだわからない。

ふいに気づいた。

部屋がいつもより明るい気がする。雪が降っていて、日も当たらないのに。

違和感の理由を探すため、わたしは部屋を見回した。

ようやくわかった。窓がきれいに拭き上げられているのだ。

「窓……？」

思わずつぶやくと、速水は笑顔でこちらを向いた。

「さすが、すぐにわかるんですね。全然気づかない人もたくさんいるのに」

「もしかして、速水さんが拭いたの？」

「泊めていただいたお礼です。新聞を濡らして、ささっと拭いただけですけど」

わたしは新聞など取っていない。

「新聞なんかあった？」

「たまたま昨日くるときに、持ってたので」

窓がうっすら汚れていることには気づいていたし、拭いてくれたのはありがたいが、感謝よりも困惑の方が大きい。

「そんなことしなくてよかったのに……」

こんな雪の日に、寒かったはずだ。

「別に、たいしたことじゃないです。でもそのせいで部屋が冷えてしまってすみません」

やってもらってこんなことを考えるのは、よくないということはわかる。そういえば、
だが、彼女の過剰なサービスには、いつも居心地の悪さを感じてしまう。

はじめて会ったときからそうだった。

部屋の温度が少しずつ上がってきた。わたしは空気を変えるために言った。

「コーヒーでも飲もうか」

雪は午後三時を過ぎた頃、ひっそりと降り止んだ。
電車も少しずつ、復旧しはじめている。なんとなく、このまま永久に雪が降り止まない
ような不安があった。
雪はもう止んでいるのに、その不安はじっとりと濡れたような量感を持って、わたしに
まとわりついている。
そして、わたしはずっと、彼女に「帰ってほしい」と言えない。
もちろん、それはただの妄想で、実際の彼女は、スーツケースを開けて、中から何着か
の衣類や薬、化粧品などを取り出している。

速水は、スーツケースの蓋を閉めて、鍵をかけた。

000のまったく意味をなさない鍵。せめても、開かないようにしてくれればいいと思うけど、番号を買ったときのままにしているのも、速水なりの気遣いなのかもしれないと思う。

速水の気遣いは、いつも過剰で、そこがわたしには息苦しい。ひとつ間違えば、自分が彼女に依存してしまうのではないかと思うような怖さがある。

速水はリビングの床に座ったまま、わたしを見上げた。

「すみません。このスーツケース、もう少し置いておいていただけますか?」

持っていってほしいとは言えない。

わたしはすでに彼女とある程度馴《な》れ合ってしまった。窓を拭いてもらい、さきほどもパスタを作ってもらった。

それに、速水が今、自分の荷物を全部持ち歩ける状態ではないことも知ってしまった。彼女の今いる寮は、ベッドのほかは小さな机があるだけだと聞いた。

そう聞くと、たかがスーツケースを部屋に置いておくくらいのことを拒絶したくはない。

電車が動きはじめたのを携帯電話で確認して、速水は家を出て行った。

ひとりになると、2LDKの広さの部屋が、ひどく広いように感じられた。

柳沼から電話がかかってきたのは、速水がうちにきてから、一週間ほど後のことだった。

「織部さん、元気にしてる？」

「まあ、そこそこ」

そう返事をしたが、ちっとも元気ではない。体調が悪いわけではない。仕事がまったく進まないというだけだ。

食事やお酒の誘いなら、断るつもりだった。気分転換することで、突破口が開けることもあるが、今日はそんな気にすらなれない。

「織部さん、橋本さなぎさんと仲良かったよね」

いきなり意外な名前を出されて、わたしは息を呑んだ。

どう答えていいのかわからない。

「ええと……仲いい……かな？」

初芝とはしばらく会っていないが、それでも何度か食事をしたりしているし、家にきたこともある。速水もこの前泊まっていった。

仲が悪いと、あえて言うのもおかしい気がするが、仲がいいとも断言しにくい。

柳沼が知っている橋本さなぎ——速水の容姿で、初芝と同じ小説を書く人間——は、この世に存在しない。

「他の作家よりは、仲がいいかも……。で、橋本さんがどうかしたの？」

柳沼は少し声のトーンを落とした。

「それがさ、大神《おおがみ》先生が橋本さんにご執心だって知ってる？」

「大神さんが？」

大神義彦《よしひこ》は売れっ子の大御所作家だが、ともかく女性が好きな上にセクシストで有名だ。

セクハラされたという女性編集者も何人も知っている。中には、「大神先生に原稿もらえるんでしたら、セクハラくらいどうってことないですよ」と言い切った編集者もいたが、だからといって、それを許容すべきだと思わない。

力関係さえなければ、そう言い切った女性だって、セクハラを許容することはないだろう。つまりは力関係を利用して相手を抑えつけているだけのことだ。

「橋本さんが、最近、パーティとかに顔を出さないのはそのせいらしいんだけど、どうも、編集者にも、橋本さんと会わせろと言っているらしくて」

わたしは頭を抱えた。

まともな感覚を持った編集者なら、引き合わせたりしないはずだが、正直、この世のどれだけの人間がまともな感覚を持っているのか、わたしは懐疑的だ。

大神義彦に媚《こ》びるために、一席設けてしまう人がいないとは言い切れないし、「橋本さなぎにもメリットがあるはずだ」などと考える人もいるだろう。

この場合、引きずり出されるのは、初芝ではなく、速水の方になるだろうが、そもそも速水はまだ編集者と連絡を取っているのだろうか。

「それがいやで、橋本さん、北海道に引っ越したという噂があるんだけど」

「ええっ」

柳沼まで知っているということは、他にも知っている人間がたくさんいるということだ。初芝が自分で編集者に話しているのならいいのだが。

「織部さん、知らなかった?」

驚いたのは、柳沼が知っていたせいだが、それをいいことにしらを切ることにする。

「知らない。だって、何度か食事しただけで、そこまで仲いいわけじゃないもの」

最近、橋本さなぎはSNSすら更新していない。

「そっかあ。いやあ、ぼくの担当編集者は大神先生に、『橋本さんと飲みたいから機会を設けてくれ』って言われて、断ったそうなんだけど、他の編集者にも同じことを言っている可能性は高いからさ……」

「わかった。メールアドレスは知っているから、それとなく言っておく」

「あ、よかった。それからさあ……」

別の雑談をはじめた柳沼の声を聞きながら、わたしはどちらに連絡を取るべきか悩む。初芝は言われても出て行くことはなさそうだし、速水も編集者に会う理由などないだろう。

それでも、大神には力がある。彼がごねれば、橋本さなぎを騙《だま》してでも引きずり出そうとする人間もいるかもしれない。

考えると不快になるが、わたしが怒ったところで、大神の出版界での権力が削がれるわけではない。

わたしがあまり真剣に聞いてないことに気づいたのか、柳沼が尋ねた。

「もしかして、今、忙しかった？」

「忙しいというか、尻に火はついてるけど、あんまりやる気が出ないって感じ」

そう言うと、柳沼は苦笑した。この感覚は、物書きなら覚えがあるだろう。今回のは少し重症だというだけだ。

「じゃあ、邪魔をしないようにそろそろ切るよ」

「ごめんね。知らせてくれてありがとう」

電話を切ってから、わたしは初芝と速水にメールを打った。仕事に戻りたくないがゆえ
の逃避かもしれない。

初芝からはすぐに返信がきた。

「わたしはもう、編集者にも会わないことにしたので大丈夫です。そもそもその人が会い
たがっているのはわたしじゃないですし。北海道にいることを知られたのは、見本誌やゲ
ラの宛先をこちらに変えたせいだと思います。実際に担当編集者が教えなくても、郵便物
の宛先を、編集部で目にしてしまう人だっているはずだし」

たしかに、その通りだ。返信をしようとしていると、今度は携帯電話が鳴った。

画面に映るのは、速水の電話番号だ。

「はい」

「あ、織部さん?　さっきはメールありがとうございます」

やけに色っぽい声がそう言う。

「それと、また必要なものができたので、明日か明後日でもお伺いしていいですか?　今

回はすぐに帰りますから」

すぐ帰るのなら、特に問題はない。

「明日でも明後日でも、どちらでも。家でずっと仕事してますから」

「じゃあ、明日の昼過ぎにでも伺います」

電話を切ってから、速水が、わたしのメールの内容には触れなかったことに気づいた。

まあいい。彼女にとっても大した問題ではないのだろう。


速水は約束通り、一時過ぎに現れた。

また手に紙袋を持っている。

「お昼、もう済まされました？」

そう言って出してきたのは、ライ麦入りのいかにもおいしそうなパンだ。デリの容器に入ったサラダや、テリーヌなどもある。カップに入った高級バターまである。

「そんな……気にしなくていいのに」

「もし、お済みだったら、夕食にしてもらおうと思って……」

わたしは苦笑する。相変わらず、気が回りすぎるほどだ。

ちょうど、さきほど起きたばかりで、コーヒーしか飲んでいない。心のどこかで、速水がきたら、出前を取るか、近くに食事をしにいってもいいと思っていた。

「速水さんはお昼は？　もしまだなら一緒に食べましょう」

「いいんですか？　お仕事中と聞いて、すぐ帰るつもりだったんですけど」

「忙しくてもどうせ、食事はするから」

そして、わたしも長居されないように、うっすらと予防線を張る。

こんなやりとりに慣れてしまってから、もう長い。

十代のときは、友達とはいくらでも長電話できたし、いつまででも一緒にいられた。好きになることへの不安はあっても、躊躇はなかった。

それでも、お互い傷つかないために、そういうやり方を覚えるしかないのだ。

速水が、おみやげにもなり、一緒にでも食べられるような食材を持ってきているのも同じことだ。

パンを切り、紅茶を淹れ、ちょうど家にあったブルーチーズを出した。

ライ麦パンは、少し酸味があり、とても美味しかった。以前、ドイツやチェコで食べたものを思い出す。

そのままだと、好みは分かれるかもしれないが、バターやテリーヌなどにとても合う。

「なんか、北欧のパンだそうです。どこの国か忘れちゃったけど」

たしかに、スウェーデンやフィンランドもライ麦パンが多かった。日本の食パンのようにふわふわ柔らかいパンとは、まったく別の種類のどっしりしたパン。

ふいに、速水の携帯電話が鳴った。

「すみません。失礼します。食事、続けてください」

彼女はそう言うと、電話に出た。

「はい、橋本です。お世話になっています」

彼女がそう言って電話に出るのを聞いて、はっとした。

出版関係の相手と、まだ連絡を取っているのか。それとも、まだその名前を使っているだけなのか。

クラブの客が相手なら、源氏名を名乗るだろう。

「ええ、ごめんなさい。まだ北海道なんです。取材がなかなか終わらなくて……」

ぞくり、と背中に冷たいものが走った。

「やだ、先生がこちらにいらっしゃるなんて、申し訳ないです。たぶん、あと二週間くらいで戻るつもりなんで、戻ったらこちらからご連絡します」

柔らかくて、そして色気のある声、もしわたしが好きな人に電話して、こんな声で返事をもらったら、舞い上がってしまうだろう。

ただ、今、わたしはひどく狼狽《ろうばい》している。電話の相手が誰か、想像がつくからだ。

「ええ、お気遣いくださってありがとうございます。本当にうれしいです」

彼女が望んで、それをやっているならば、わたしになにか言う権利はない。

だが、彼女はもう橋本さなぎではないのだ。

華やかな笑い声を聞きながら、わたしは苦々しい気持ちを抑えきれずにいた。

彼女が声を上げて笑っているのは、電話の向こうで、くだらない冗談でも言われたのだろう。

ソファに腰を下ろしている彼女の目は少しも笑っていない。時間が流れるのをただ待っているようだ。

「ええ、また。どうもありがとうございます」

彼女が電話を切るのを待って尋ねた。

「差し出がましいことを聞くけど……、もしかして電話の相手って……」

「大神先生です。しつこくって」

予想が外れていればいいと思っていた。だが、これは厄介だ。

「電話番号教えてたの？」

「ええ、名刺に書いていたのはわたしの携帯電話の番号でしたから。メールアドレスは、祐のでしたけど。まあ、分業ですよね」

「これからどうするつもりなの？」

「これからって？」

　きょとんとした顔で尋ね返す彼女に腹が立った。

「あんなふうに、気を持たせるような返事をしたら、また連絡してくるだろうし、脈があると信じて、強引な手を取ってくるかもしれない」

　もちろん、そんなことをする方が悪いことはわかっている。だが、実際に被害に遭うのは彼女だ。初芝にもなにか影響があるかもしれない。

「大神さんには会いませんよ。もうわたしは橋本さなぎじゃないんだし。のらりくらりかわします」

「じゃあ、もう電話にも出ない方が……」

　もしくは出たとしても、もっとそっけなく振る舞った方がいい。

　速水の顔が強《こわ》ばった。口角が引き上げられる。

　笑っている顔なのに、少しも笑っているように見えなかった。

「織部さんはそう思ってるんですか？　電話に出なかったら、もうそれで終わると？」

「……終わる、とは言ってないけれど……」

だが、彼女の対応は、よけいに問題をこじらせるような気がした。

速水は、両脚をソファの上に投げ出して、大きく伸びをした。

「ああ、織部さんがうらやましいなあ。言い寄ってくる男性にそっけなくして、よけいにつきまとわれたり、暴力を振るわれたりしたことがないってことだから」

わたしは息を呑んだ。そんなことは考えたことがなかった。

自分がレズビアンであることは関係ないと思う。関係があるとすれば、誰に対しても愛想がよくないせいで、御しやすいとは思われにくいということだ。

だが、そう振る舞えるのも、そもそもある種の特権ではないのだろうか。

速水が、気が利いて、相手に好感を持たれるような行動を取ること自体は、なにも責められることではない。

「大神さんを怒らせたら、橋本さなぎの執筆活動に対しても、圧力をかけてこないとは言い切れないんじゃないですか？　わたしはいいですよ。どこか地方にでも飛んでしまえば、もう大神さんとは会うこともないんだから。でも、祐は？　彼女はどうするんですか？」

いくらなんでも、そこまではしないだろうと、わたしなら考える。だがそれはわたしに見えている世界だ。彼女にはまったく違うものが見えている。

だが、期待させておいて、そのままやり過ごそうとしてもよけいに苛烈《かれつ》な反応が返ってくる気がするのだ。

「速水さんのまわりには、そんな人が多かったの?」

彼女は肩をすくめた。

「わたしがそういう人を呼び込んでると言いたいんですか?」

「そんなつもりで言ったんじゃない」

速水は携帯電話をソファに投げ出すと、ダイニングテーブルに戻ってきた。

「まあ、父親からして、そうでしたから。ちょっとでも気に入らないことがあると殴られましたし、酔って帰って、わたしを叩き起こしてお土産渡して、そのときにいくら眠たくてもにっこり笑って、『パパありがとう』って言わないと、キレて、弟とかも叩き起こして、めんどくさいことになるんです。そりゃもう、秒でにこにこする方法は覚えますよね」

速水はわたしの顔を見て微笑んだ。

「わかってます。よく女性に言われるの。自立しなさい。男に頼ったり、男を甘やかしているわたしが悪いんだって。でも、普通に就職しても、上司や取引先の人から誘われたりするし、それを断ったら仕事で嫌がらせされたりするし、そういうとき、誰も助けてくれないし。だったら、水商売の方がお給料がいいだけ、まだマシじゃないですか?」

彼女は、紅茶のカップを引き寄せて、一口飲んだ。

「結婚したら、そんなこともなくなるだろうと思って、優しそうな人を選んだつもりが、結婚してしまったら豹変《ひょうへん》するし、別れたいと言っても、なかなか別れてくれないし、ようやく離婚が成立しても、今度はインターネットであることないこと書かれたりするし……」

初芝からそれは聞いていた。

「そいつに、言われたんです。おまえは結局、誰かに寄生して生きていくしかないんだって。でもまあ、そうかなって思うんです。女性からの『男に媚びずに自立しなさい』ってアドバイスさえ、言われた通りにはできないし。なにか特別な才能でもあればいいのにと思って、小説教室に行ってみたけど、そっちも全然駄目だし……だから、もう男性じゃない相手に寄生してみようかな、と思ったんですけどね」

思いを吐き出すように、速水は喋り続けた。

「祐は、よくわたしみたいになれたらって言ったけど、それを聞くたび、莫迦みたいって思った。あの子は、自分の才能も手放さずに、容姿だけわたしみたいになればいいって思ってただけ。どちらも手に入れればいいって思ってただけ。わたしだったら、あの子の才能が手に入るなら、別に容姿を取り替えたってかまわない」

彼女はまっすぐにわたしを睨み付けた。

「だって、誰にも寄生せずに生きていけるってことでしょう」

本当を言うと、反論したい気持ちはある。

ある程度の能力さえあれば、小説を書くことはできる。だが、それが商業ベースに乗るかどうかは、また別の問題だし、書き続けることはまた違う能力だ。

批判を受け入れること、思うレベルのものが書けなくて苦しむこと、そんなことにすべて慣れて、麻痺《まひ》しながら、続けることを、ただ「才能がある」などというひとことで片付けてほしくない。

初芝には、小説を書く才能はあるけれど、五年、十年と続けられる才能があるかどうかはまだわからない。それはこれから彼女が勝ちとっていくしかない。

だが、それでも、スタートラインに立てるというだけで、速水にとっては充分な幸運に思えるのだろう。

「寄生なんかじゃない」

わたしははっきりと言った。

「水商売も、誰かと結婚して専業主婦になっても、誰かに寄生しているわけじゃない」

速水はくすりと笑った。

「優等生のおことば、ありがとうございました。もちろん、『寄生してる』って言われるより、ずっとありがたいですけど」

彼女は長い脚を組み替えた。

「でも、別に寄生でいいです。わたしは生きることをあきらめたりしないから。どんなことをしても、生きてみせるから。そのためには、なんでもやるから」

わたしは、息を呑んだ。

はじめて、彼女のことを目がくらむほど魅力的だと思った。


受け身のセックスを経験したのははじめてだった。

速水はベッドの上で、ひそやかに笑う。

「織部さん、もっと慣れてるかと思ったのに、十代の女の子みたい……」

声をどうやって出すかも、どう身体をゆだねるかもわからない。かといって、彼女に反撃したいという気には少しもなれない。

わたしは朽《く》ち果てて、空洞のできた枯れ木のようだった。その内側に彼女が入り込んでくる。彼女はわたしを踏み荒らす。

心の中で、わたしは彼女に尋ねる。

（ねえ、どうして、初芝さんに冷たくしたの？）

彼女さえ、初芝にうまく取り入っていたら、橋本さなぎというユニットでうまくやっていけたのではないだろうか。

わたしが介入したことが崩壊の始まりだったとしても、当初は初芝もユニットを解体したいとは思っていなかったはずだ。

それはもしかして、速水が他に寄生しやすそうな相手を見つけたからではないだろうか。

不思議なことに、少しも不快ではなかった。

腐った内側は踏み荒らされて、崩れ落ち、土に返っていく。

それが自分の望みのような気がした。

インターフォンが鳴っている。

わたしは呻《うめ》きながら、寝返りを打った。隣から速水の声がする。

「誰かきてる。どうする？」

わたしは寝ぼけ声で答える。

「どうせ、宅配便かなにかだから、放っておけばいい」

宅配ボックスがあるから、配達員を困らせるわけではない。

速水はくすくすと笑った。

「ナマモノだったらどうする？」

「ナマモノなんか頼んでない……」

彼女は起き上がって、服に袖を通した。まだインターフォンは鳴り続いている。

「もし、なにか困る理由がなければ、わたしが出ようか？」

「うん……」

別に見られて困る相手などいないし、困ることなどなにもない。

速水が寝室から出て行くのを横目で見送り、わたしはようやく身体を起こした。

自分の下着の行方を捜し、ようやくベッドの下から発見する。

終わった後、パジャマさえ着ずに眠ったなんて、ひさしぶりの経験だ。

ようやくカットソーとパンツを身につけて、ベッドから起き上がる。さきほど、家にきたのは誰だろう。

廊下に出て、わたしは息を呑んだ。

玄関に、初芝が立っている。速水は少しふてくされたような顔で、廊下の壁にもたれている。

初芝はわたしを射貫《いぬ》くほど強い視線で見つめた。

「ようやくわかりました。織部さんが、どうして、わたしと咲子を引き離そうとしたか……。つまりはそういうことだったんですね」

彼女はそう言うと、玄関から出て行った。

追い掛けたかった。だが、追い掛けてなにを言うのだろう。なにを弁明すればいいのだろう。

壁にもたれたまま、速水がかすかに笑ったような気がした。

＊

速水はリビングのソファに座って、爪《つめ》を眺めていた。ジェルネイルにラインストーンやパールが散らされた美しい爪だった。

わたしは彼女を問いただそうとして、ことばを探す。思いのままに、浮かんだことばをぶつけられないのは、こちらにも疚しさがあるせいだ。

「初芝さんにもう言ったの?」

彼女は含み笑いをしながら、こちらを見た。

「なにを?」

「わたしたちがこうなったこと……」

彼女は裸足の右足をソファに上げた。足の爪にはジェルネイルは施されていない。外反《がいはん》母趾《ぼし》の目立つ、ヒールを履き続けてきた足。速水の人生だ、とわたしは思う。

彼女は下を向いて笑った。

「言うわけないじゃない。あなたなら言う?」

「言わないけど……じゃあ、なぜ彼女がいきなりきたの?」

「さあ?」

初芝はなんの連絡もなく、やってくるようなタイプではない。

「東京にはきてたらしいですよ。さっきそう言ってました。取材だったとか? まあわたしには関係ないけど」

東京にきていて、そしてわたしに会いにきたのだろうか。携帯電話をチェックしてみたが、初芝からのメールはない。

速水は、もう片方の足もソファに上げる。真冬なのに、裸足で寒くないのだろうか、などと考えてしまう。その足に靴下を穿かせたくなる。

「……もしかしたら、だけど」

「なに？」

「昨夜、夜中に目が覚めたとき、夜景がきれいだったから、つい窓からの景色をSNSにあげちゃったんですよね。それで気づいたのかな、なんて……」

「どこのSNS？」

思わず、きつい口調になった。窓からの景色は、自宅の場所を特定することもできる情報だ。わたしも絶対に、SNSに流したりはしない。

「クローズドなアカウントです。フォローしてるのは、小説教室の仲間だけだし、十人くらいかな。鍵もかけてますし、織部さんの家だなんて言ってないから、心配ないですよ。わたしの投稿見ますか？」

彼女が携帯電話をわたしに向けたので、首を横に振った。

少しほっとするが、同時に気づく。

「つまり、そのアカウントは初芝さんも見ていた……」

「彼女はほとんど書き込んでいないから、アクセスしてたかどうかは知らないけど、相互フォローだし、見られる環境だったことは間違いないですね」

わたしは小さくためいきをつく。

夜景を撮影したなら、窓に部屋の中が映り込むだろう。夜景そのものでは思い出さなくても、部屋を見たら、気づくかもしれない。

速水がそれを狙《ねら》ったかどうかは、わからない。

たとえそうであっても、彼女を責める気にはなれなかった。

初芝が誤解したのなら、速水のせいだけではない。わたしにだって、そう思わせてしまう行動があったのかもしれない。

わたしは、リビングから出て、仕事部屋に入った。

初芝にメールを打つ。着信拒否されているかもしれないが、弁明しないわけにはいかない。

「なにか誤解されたみたいだけど、初芝さんのことを心配していたのは、そんな理由ではありません。速水さんに特別な感情を抱いていたわけではないし、初芝さんと速水さんとの関係が、公正なようには見えなかったから、気になっただけです」

書きながら、笑い出したくなる。

あんなに自分の気持ちを抑えたのに、むしろ、告白して玉砕した方が、話が簡単だったような気がする。

「もし、わたしがいらぬことを言ったせいで、ふたりがうまくいかなくなったなら、本当に申し訳ないと思っています」

バカみたいだ、と思う。初芝と速水がうまくいかなくなったのは、わたしのせいではない。そうはっきりしているのに、わたしはメールの中では、しおらしく頭《こうべ》を垂《た》れてみせる。

それでも、初芝にはわたしが自分の責任だなんて思ってないことは、そのまま伝わるだろう。

(わたしのせいなの？　違うよね)

そう言いたい気持ちを、ただきれいな包み紙で装飾しただけだ。

「でも、別に速水さんと特別な関係になりたいから、初芝さんを引き離したなんてことはありません。そうなりたかったら、そんなまどろっこしいことをせずに、速水さんに直接声をかけるだけです」

本当に初芝のことを心配したのだ、と言うには、わたしの感情にはいろんなものが混ざりすぎている。

もう会えないかもしれないとは思っていたし、そのことにはもう納得している。彼女の中で、きれいな自分でいたいとは思わない。

「わたしは、橋本さなぎの小説が好きです。だから、素直に初芝さんのご健筆をお祈りしています。それでは」

嘘ではないと確信できる言葉だけを書き記し、捨て鉢な気持ちで送信をクリックする。

そのあと、キッチンに戻ると、エスプレッソマシンのスイッチを入れる。

「カフェラテ飲む？」

そう尋ねると、携帯電話を見ていた速水が驚いたような顔でこちらを見た。

一緒にいる人と険悪になるのは嫌いだ。彼女とこのまま続くかどうかはわからないし、続かない可能性の方が高いが、それでも彼女を責めることができないなら、さっさと忘れた方がいい。

「飲む……」

ラテメーカーに牛乳を入れて温め、カフェラテをふたり分淹れた。

カップを、ソファにいる彼女に渡し、隣に座った。

「ありがと……」

少し戸惑ったような顔で受け取る彼女に言った。

「足、冷たくないの？」

「冷たいけど、冬だから冷たいのは当然でしょう」

「靴下は穿かないの？」

「穿いたことない。だって、靴下で穿くような靴を持ってないし、靴下をどんな服装に合わせていいのかわからないし」

わたしは苦笑して、一度ソファから立ち上がった。寝室のクローゼットから、まだ下ろしていない新品の靴下を持ってくる。十一月頃、憑かれたように防寒具を買いあさったときに買った、分厚いルームソックスだった。

「あげる」

「でも、もらっても、わたしスニーカーもなにも持っていない……」

「家の中でだけでも穿いたら？　少しはあったかいよ」

彼女の足の指は赤く鬱血《うっけつ》していた。たぶんしもやけだろう。

速水は戸惑ったようにそれを受け取り、ゆっくりと穿いた。

「変な感じ。靴下なんて穿いたの、高校生のとき以来。大人はストッキングとパンプスを履くものだと思ってた」

ストッキングとパンプスを自分の人生から閉め出して生きていける女性は少ない。好きな服装を選ぶことができるわたしも、パーティのときは踵の高い靴を履くし、ストッキングも穿く。会社勤めをしている女性なら、もっと高い頻度で必要だろうし、ストッキングやパンプスが嫌いな人ですら、冠婚葬祭のときには履かなければならない。

スニーカーや、メンズに近いデザインの革靴は、自分で選ぶか、なにかのスポーツでもしない限り、女の人生に自分から飛び込んでくることはない。学校を卒業した後の靴下だってそうだ。

速水のように、女性らしいフェミニンな服装を好んでいる人なら、選択肢には入らないだろう。

速水は、目を丸くして踵をさすった。

「すごい。あたたかい……。こんなに違うなんて知らなかった」

少しだけ胸が痛くなった。これまでの人生、結婚もしていたから、人と一緒に暮らしていた期間もあったはずなのに、誰も速水に「靴下を穿くべきだ」とは言わなかったのだろうか。初芝さえも。

彼女は目を伏せて、踵をずっとさすっていた。まだ化粧をしていない彼女の顔には、年齢相応のシミなどもあった。

完璧に装っている彼女よりも、わたしには好ましく感じられた。

返事など来ないと思っていたのに、メールチェックをしてみると、初芝からの返事が届いていた。

「説明してくださってありがとうございます。誤解してしまってごめんなさい。織部さんの言うことを信じます。織部さんはとても親切にしてくださったのに、失礼なことを言ってしまいました。許してください」

わたしはあわてて、返事を送る。

「わかってくださってよかったです」

「織部さん、咲子とつきあうんですか？」

そう返信されて、わたしは戸惑う。わからない。速水がどう思っているか聞いていないから、つきあうとは断言できない。つきあわないとも断言できないのは、わたしが深い穴の中に落ちてしまっているからだろう。

「わからないです」

「織部さんは正直ですよね。だから好きです。失礼なことを言って、本当にごめんなさい」

もう初芝と、どうにかなりたいとは思っていないのに、嫌われていないと思うと少しだけ気持ちが楽になった。どこか苦い気持ちも混じってはいるが。

「さきほども言いましたけど、ご健筆を祈ってます。また小説を読ませてください。なにか困ったことがあったら、相談してくれるとうれしいです」

そう書いて送った後、初芝から「ありがとうございます」というだけの返事がきた。

わたしの新作も読みたいと言わない彼女も正直で、だからこそわたしも彼女に惹かれたのだ。

速水は少しずつ、わたしの生活に浸透していった。

最初は週に一度やってきて、泊まっていく。それが週二度になり、そのうちに三日ほど滞在して、また何日か寮に帰るという生活になっていく。

わたしの部屋に彼女の荷物が増えていく。

大したものではない。歯ブラシとか、彼女の愛用しているシャンプーのミニボトルだとか、彼女専用にしたバスタオルだとか。

彼女がいないときにも、彼女の存在を意識するようになる。

まるで、少しずつ、爪先をねじ込まれて、ドアを開けざるをえない状況に追い込まれているような気分になる。

いや、この言い方は卑怯《ひきょう》だ。わたし自身がドアを開けたわけではなくても、ドアを閉めず、彼女の足が食い込んでくるのを許しているのは、わたし自身だ。

家にきた彼女に、食事を作ってもらい、掃除や片付けまでしてもらう。むしろ、わたしの方が彼女に依存しはじめているのは明白だった。

ちょうどいいぬるさの湯が、足元に少しずつ流れ込んでくるようだった。

この関係が心地よいのは、彼女が、優しく足をねじ込んでくるからかもしれないとさえ思う。わたしが、少しでも不快さを訴えると、その足はちょうどいいところまで引かれる。

決めたのはわたしではない。彼女が望んでいることだ。そう言い訳しながら、わたしは彼女との関係に身をゆだねる。

怖いとは思わなかった。彼女の目的はもうわかっている。このまま、わたしの隣に滑り込んで、そこに安住すること。

たぶん、彼女はわたしのことなど、別に愛してはいない。わたしが彼女を愛していないのと同じように。

この関係を続けることで、わたしは少しずつ彼女を愛するようになるのだろう。今はそうではなくても、そう確信はしている。彼女の方はわからない。

これは、歪《いびつ》な共依存なのだろうか。だが、わたしがもし男性なら、この関係はありふれたものでしかない。

生活の安定のためにパートナーを探す女性も、激しい恋に落ちなくても、心地よい空間を作ってくれる人をパートナーに選びたいと思う男性も、ごく普通の存在だ。

それでも、どこか穏やかではいられないのは、なぜなのだろう。

なにか、ひどくずるいことをしているような気分になってしまうのは、どうしてなのだろう。

速水にも、同じような疚しさがあるように感じるのは、わたしの思い過ごしだろうか。

一度、彼女に問いただしてみたいと思いながら、どうしても切り出せないでいる。

わたしと彼女の間には、手を触れただけで爆発する地雷のようなものが、埋まりすぎているのだ。

速水が、仕事をやめて、うちに越してきたのは、三月の終わりだった。

確定申告のための領収書整理をずいぶん手伝ってもらったから、あまりに心苦しくて言ってしまった。

「もしよかったら、一緒に住まない？　どうしても寮にいなきゃいけないわけじゃないんでしょう？」

仕事をやめるかどうかは、彼女自身の人生だから、口を出したくはない。だが、もしやめても、速水の生活の面倒を見ることくらいはできる。

速水は喜んで、さっそくクラブの仕事をやめ、うちに越してきた。

といっても、引っ越しというほどの荷物すらない。スーツケースはもともとうちに置いてあったし、段ボール箱がふたつほど宅配便で送られてきて、それで終わりだ。

仕事部屋にしていた部屋を彼女に明け渡し、あまり必要のない蔵書をトランクルームを借りて、そちらに移した。

寝室に机を置いて、そちらで仕事をすることにした。速水はうるさく音を立てるようなタイプでもなく、仕事中に話しかけてくる様子もない。作家との同居経験もあるから慣れているのだろう。仕事中はわたしを放っておいてくれる。

橋本さなぎの新刊が送られてきたのは、近所の公園のソメイヨシノが散ってしまった頃だった。

封筒を開け、タイトルを見た瞬間、わたしは息を呑んだ。

『絶筆』

わたしはあわてて、本を開き、あとがきや目次に目を通した。どうやら、短編集で、その中の一編が「絶筆」というタイトルだった。あとがきや帯を見ても、橋本さなぎ自身が、執筆をやめるというような記述はない。

「絶筆」に軽く目を通してみたが、夭折《ようせつ》してしまった作家の絶筆をめぐる話だった。少しほっとする。

『彷徨』と違うのは、表紙にもどこにも橋本さなぎの写真がないところと、これまであった著者プロフィールもないところだ。

写真がないのは当然としても、著者プロフィールまで消してしまうのは、橋本さなぎから、これまでの経歴と個性を剝ぎ取ろうとしているようにも感じられる。

このまま、十冊、二十冊と書いていけば、最初の二冊に色濃く漂っていた橋本さなぎ自身の物語は、少しずつ薄れていくだろう。いつか忘れ去られてしまうかもしれない。

橋本さなぎは、インタビューも受けず、写真も公開していないけれど、実力のある作家だ。そんなふうに世間の目も変わっていくのかもしれない。

わたしは、本を持って、リビングにいる速水のところに行った。彼女は、イヤホンをして、タブレット端末で映画を観ていた。

「咲子、これ、届いた」

ん？　という顔で振り返った速水は、本の著者名に気づくと眉間に皺を寄せた。

「読む？」

その質問には即答がかえってくる。

「読まない。わたし、あの子の小説あんまり好きじゃない。才能あるのはわかるけどさ」

「そうなの？」

「自分の嫌なところばかり見せられているような気がする」

それはわかる。だが、それこそが、橋本さなぎの小説の魅力なのだ。

帯には『やさしいいきもの』の文庫化と映画の公開時期なども記されている。つまりは、橋本さなぎの作家人生は順調だということだ。嫉妬のようなものも胸をよぎるが、そんなものは力のある作家の本を読むたびに感じることだ。

嫉妬をしなくなることはないが、嫉妬をすることには慣れてしまった。

速水は、タブレット端末を膝に置いて、わたしを見上げた。

「妙、今日は仕事忙しい？」

「そうでもないよ。どこか行く？」

「レズビアンバーとか、行かないの？　わたし行ってみたい」

どきり、とした。あまり速水をそういうところに連れて行きたくない。だが、そう考えているることを彼女に知られるのも嫌で、わたしは笑顔で頷いた。

「行ってみる？　外で夕食食べて」

「やった！　なに食べたい？　お店調べて予約するよ」

「咲子の好きなものでいいよ。七時くらいに出る？　それまで仕事してる」

本心を悟られないように作り笑いを浮かべながら、わたしは自分の部屋に戻った。


焼き肉を食べてから、わたしたちは新宿にあるレズビアンバーへと向かった。

どの店を選ぶか、必死で考えた。

友達と会うような店には連れて行きたくない。かといって、一度も行ったことがないような場所も、雰囲気がわからないから、困る。

ようやく、もう一年近く行っていないが、雰囲気がよかったバーを思い出し、そこに行くことにする。営業していることもちゃんと調べて、迷わないように地図を頭にたたき込む。

二階へと続く細い階段を上り、店内に入る。まだ早い時間だから、店内にはカップルがひと組いるだけだった。

スタッフの女の子が、わたしを見て、笑顔になった。

「わあ、妙さん、おひさしぶり」

スタッフに覚えられていたことにほっとする。そういえば、この子には、少し気に入られていたような記憶がある。

小柄で可愛らしいけれど、わたしの好みではなかった。会話を楽しむだけで終わり、またこようとすら思わなかった。

彼女は、速水を見て、目を見開いた。

「彼女ですか？　美人ですねえ……」

速水は、ひどく色っぽく微笑んだ。これまでの恋愛ならば、恋人がそんなことをすると苛立《いらだ》ちを感じていた。

今は、気持ちが動かないことに、むしろ動揺する。

スタッフと会話しながらしばらく、お酒を飲む。

スタッフがカウンターから離れたときに、速水は小さな声でわたしに言った。

「普通の店と、そんなに変わらないね」

「まあね」

友達同士できて、他の客と意気投合したり、連絡先を交換することはあるが、カップルできている客に声をかけるような、無粋《ぶすい》な人間はあまりいない。

三杯目のハイボールをおかわりしたときに、入り口のドアが開く音がした。入ってきたのは、風花だった。いかにもタチっぽい見た目の人に腕を絡めている。

彼女もわたしに気づいたようだった。彼女自身も、昔の恋人などどうでもいいだろうし、今の恋人にわたしとつきあっていたことなど知られたくないだろう。

そう思って、視線をそらしたのに、風花はまっすぐわたしのところにやってきた。

「ひさしぶり、元気だった？」

目の縁が赤い。ずいぶん飲んでいるようだった。わたしは笑顔で頷いた。

「まあそこそこね。風花は？」

彼女はくすくすと笑って、わたしを上目遣いに見た。あざとい仕草なのに、こういうところが可愛いと思ってしまう。

「わたしも元気ー。そのひと、新しい彼女？　すごい美人じゃない。お似合いー」

速水がかすかに顔を強ばらせていることには気づいていた。だが、どう対処していいのかわからない。風花も、少し酔っているだけで、さほど失礼なことを言っているわけではない。

「妙はさ、わたしとか、部屋にいたあの女の子みたいな子じゃなくて、こういう人とつきあってる方が絶対似合うよ。絵になるもん」

風花の恋人が、愛おしそうな顔で機嫌のいい彼女を見ている。

同時に気づいた。風花は、恋人に少しだけ嫉妬してもらいたいのだろう。わたしは、彼女の肩を軽く押した。

「風花こそ、素敵な人と一緒にいるね」

「え、駄目ー。ちょっかい出さないでよ。まあ、妙はタチには興味ないもんね」

風花は、恋人にまた腕を絡めた。風花の恋人とわたしは、軽く視線を合わせて会釈をした。

それで終わりだった。風花は恋人と、そしてわたしは速水との会話に戻る。顔を強ばらせていたように見えた速水は、機嫌良くスタッフの女の子と話し込んでいる。

わたしはほっとして、ハイボールのグラスを引き寄せた。

タクシーを降りるまで、速水は上機嫌なように見えた。

マンションのエントランスに入ったとたん、彼女はためいきをつく。

「あの子、祐にそっくりだったね」

わたしは息を吞む。どう答えていいのかわからなかった。

「そう……かな」

「前の彼女？　妙、ああいう子が好きなんだ」

わたしはぎこちない笑顔を浮かべて、エレベーターのボタンを押す。

「で、タチだったんだ。彼女と寝るときには」

「咲子」

つい、たしなめるような口調になってしまった。速水はくすりと笑った。

「はいはい、黙ります」

無言のまま、エレベーターは自宅のフロアに到着する。鍵を開けて、中に入り、ドアを閉めてから言った。

「別に黙れって意味で言ったんじゃない。飲みすぎだと思うだけ」

ふいに、速水の手が首筋に絡みついてきた。

「ねえ……したい」

湿っぽい声がそう言う。何度も近くで感じた彼女の汗の匂い。

「いいよ……」

それで機嫌が直るなら容易《たやす》いことだ。そう思った瞬間、彼女は言った。

「今日は、妙がして……」

シンクの蛇口をひねって、水を飲む。喉がからからに渇いていた。

少しもうまくいかなかった。服を脱がしたり、キスをしたり、すべて決められた手順を踏んでいるような味気なさだった。

速水がリードしているときだったら、彼女の身体の中に指をもぐり込ませることも、彼女の身体のあちこちにキスしたり噛みついたりすることもできたし、それで彼女に声を上げさせることだってできたのに、主導権がわたしに移った瞬間、なにひとつうまくいかなかった。

わたしは彼女の快感がどこにあるのか探り当てることもできず、ただ、だらだらと身体のあちこちを触れ合わせるだけだった。

なんの盛り上がりもなく、速水はわたしから身体を離して、シャワーを浴びに行き、わたしは敗北感に打ちひしがれる。

やがて、バスローブを着た速水が戻ってきて、ソファに腰を下ろす。わたしは冷蔵庫からミネラルウォーターを出して、グラスに注いだ。

「水、飲む？」

速水は返事をしなかった。彼女が泣いていることに気づいて、わたしは息を呑む。

「咲子……？」

「祐が、好きだったの？」

わたしはどう答えていいのかわからない。だが、答えないことがなによりの答えになってしまう。

「わたしのことなんか、別に好きじゃないんだね」

「そんなことない。咲子と一緒にいると、安心できるし……」

「そりゃあそうよ！　わたし、ずっと妙に気を遣ってる。妙のことばかり考えてる！　でも、妙は同じくらいわたしのことを考えてるわけじゃないでしょう」

わたしはことばに詰まった。

わたしだって、速水のことを考えている。今日だって、彼女が行きたいと言ったから、レズビアンバーに行ったのだ。

だが、同時に気づく。わたしは、速水に差し出すものを自分で選ぶ。だが、速水はそうではない。彼女が差し出したものを、わたしが選んでいる。

彼女を家に呼ぶことを決めたのもわたしだし、そしてわたしの気持ちが変われば、彼女を追い出すこともできる。

少しも対等じゃない。だが、対等になれないのは、彼女がわたしに寄生しようとしているからだ。それ以外の生き方などないと信じているからだ。

速水は笑って、髪を掻き回した。

「あーあ、言っちゃった。こういうこと言うから、うまくいかないいんだよね」

「黙っていられるよりいいよ」

そう言うと、彼女は驚いた顔でわたしを見た。

「今日はもう遅いから……またお互い落ち着いたときに、話をしよう」

速水が出て行きたいのなら、止める権利などない。だが、もしそうでないのなら、わたしは彼女にいてほしいと思っている。

速水は小さく頷いた。

彼女にキスした方がいいのかもしれないと思ったけれど、わたしは結局そうせずに、キッチンから立ち去った。

うつらうつらしていると、インターフォンが鳴る音が聞こえた。

速水が出て、なにかを言っているのが聞こえる。ベッドにうつぶせのまま、目覚まし時計を引き寄せる。

朝の九時。できることならもう少し寝ていたい。そう思ったのに、部屋の外から速水の声がした。

「妙、起きてる？　ちょっといい？」

「今起きた……」

ドアが開いた。速水は困ったような顔をしていた。

「祐から荷物が届いたんだけど……」

「わたしに？」

「ううん、わたし宛て」

だったら、なぜわたしを起こすのだろう。戸惑いながらも、起き上がって、洗面所に向かう。

顔を洗ってリビングに行くと、小さめの段ボール箱が置いてある。宅配便の差し出し人は、初芝の名前で住所は札幌。宛名は、織部様方速水咲子様となっている。

「爆弾でも入ってないかな」

物騒なことを言い出す速水に笑う。

「そんなわけないでしょ。開けたら？」

速水は決心したように、段ボールを開けた。中には、書類が何枚も入っている。

「なに？」

硬直している速水の後ろから、中をのぞき込む。

『絶筆』の出版契約書だった。署名捺印《なついん》してある。他にも『彷徨』や『やさしいいきもの』の出版契約書、映画化に関する契約書なども入っている。

ジップロックに入った通帳と、キャッシュカードも出てきた。

速水は、震える手で通帳を開く。

「それは……」

「橋本さなぎの印税や原稿料を振り込んでいる口座の……なんでこれを？」

数百万の残高がちらりと見えて、わたしは目をそらした。

映画化の原作使用料なのか、『絶筆』の印税なのか。『やさしいいきもの』の文庫印税なのか。もし、初芝がまだ振込口座を変えていないなら、この先、重版などで印税がまた振り込まれるかもしれない。

なぜ、そんな大事なものを速水に送りつけたのか。そう考えた瞬間、小さな声が出た。

わたしは携帯電話を探した。急いでメールをチェックする。

初芝からのメールが届いていた。それを開くと、一行だけのメッセージがあった。

「お世話になりました。やはりプランAにしようかと思います」

プランA、それがなにを指すかはわかる。わたしが提案したのだ。

橋本さなぎの名前を捨てて、一からやり直した方がいい、と。

初芝がなぜ、このタイミングでそれを決心したのかわからない。もしかすると、わたしと速水との関係を知ったからかもしれない。

速水は、能面のような顔で通帳を眺めていた。わたしは気づく。

お金がすべてを解決するわけではない。だが、このお金は、彼女を自由にする。誰かに寄生する以外の生き方をはじめるチャンスにもなる。

それでも、彼女がわたしと一緒にいたいと思ってくれたら、どんなにいいだろう。そう考えて、わたしは笑い出したくなる。

いつも、わたしが誰かを本当に愛しはじめるのは、すべてが手遅れになってからなのだ。

速水はわたしを見て、すがすがしい顔で笑った。

「ごめん。わたし、行くわ」

わたしもぎこちなく笑う。

初芝は、速水に手を差し伸べたのか。それともわたしに小さな復讐《ふくしゅう》をしたのか。

彼女にはどちらだって選べるし、その権利があるのだ。


その年の夏、送られてきた小説誌の表紙に、その人の名前が掲載されていた。

『小説つばさ新人賞　初芝祐』

わたしは詳細を書いたページを探す。

そこには、しばらく会っていない彼女の顔がカラーで大きく掲載されていた。

ふっくらとした頰、赤ちゃんを思わせるような白くてきれいな肌。

もう一度会えるかどうかはわからない。もし会えたら、わたしは少し誇らしい気持ちで、彼女に言うのだろう。

「初芝さんなら、絶対やると思っていた」と。

そして、もうひとり、今、どこにいるのかわからない人の顔も思い出す。

彼女もきっと、うまくやれる。彼女なら、なんだってできる。

そう考えながら、わたしは笑う。
いつだって、自分のことがいちばんよくわからないのだ。

（この作品『夜の向こうの蛹たち』は令和二年六月、小社より四六判で刊行されたものです）

夜の向こうの蛹たち

一〇〇字書評

切り取り線

購買動機（新聞、雑誌名を記入するか、あるいは○をつけてください）

□（　　　　　　　　　　）の広告を見て	
□（　　　　　　　　　　）の書評を見て	
□ 知人のすすめで	□ タイトルに惹かれて
□ カバーが良かったから	□ 内容が面白そうだから
□ 好きな作家だから	□ 好きな分野の本だから

・最近、最も感銘を受けた作品名をお書き下さい

・あなたのお好きな作家名をお書き下さい

・その他、ご要望がありましたらお書き下さい

住所	〒				
氏名		職業		年齢	
Eメール	※携帯には配信できません	新刊情報等のメール配信を 希望する・しない			

この本の感想を、編集部までお寄せいただけたらありがたく存じます。今後の企画の参考にさせていただきます。Eメールでも結構です。

いただいた「一〇〇字書評」は、新聞・雑誌等に紹介させていただくことがあります。その場合はお礼として特製図書カードを差し上げます。

前ページの原稿用紙に書評をお書きの上、切り取り、左記までお送り下さい。宛先の住所は不要です。

なお、ご記入いただいたお名前、ご住所等は、書評紹介の事前了解、謝礼のお届けのためだけに利用し、そのほかの目的のために利用することはありません。

〒一〇一－八七〇一
祥伝社文庫編集長　清水寿明
電話　〇三（三二六五）二〇八〇

祥伝社ホームページの「ブックレビュー」からも、書き込めます。

www.shodensha.co.jp/bookreview

祥伝社文庫

夜《よる》の向《む》こうの蛹《さなぎ》たち

令和 5 年10月20日　初版第 1 刷発行

著　者　近藤史恵《こんどうふみえ》
発行者　辻　浩明
発行所　祥伝社《しょうでんしゃ》
東京都千代田区神田神保町 3-3
〒101-8701
電話　03（3265）2081（販売部）
電話　03（3265）2080（編集部）
電話　03（3265）3622（業務部）
www.shodensha.co.jp
印刷所　萩原印刷
製本所　積信堂
カバーフォーマットデザイン　芥 陽子

Printed in Japan ©2023, Fumie Kondo ISBN978-4-396-35012-3 C0193